Jorge Luis
Borges

Historia de la eternidad

永恒史

[阿根廷] 豪尔赫·路易斯·博尔赫斯 著

刘京胜 屠孟超 译

上海译文出版社

……利维补遗：短暂而又永恒的历史长河……

　　　　　　　　　　　克维多《陀螺》，一六三二年

也不保证他们听到批评后一般会变得更有效、更愉快或更明智。

　　　　　　　　约翰逊《〈莎士比亚集〉前言》，一七六五年

目 录

i_ 序言

1_ 永恒史

31_ 双词技巧

63_ 隐喻

71_ 轮回学说

87_ 循环时间

95_ 《一千零一夜》的译者

131_ 评注两则

本集除《接近阿尔莫塔辛》一篇为屠孟超所译,其余各篇均为刘京胜所译。

序　　言

　　我就这几页独特的《永恒史》略谈点滴。首先我以年代学的严谨提及柏拉图哲学，其实如果从巴门尼德的六韵步诗（"不是过去，也不是将来，因为就是现在"）开始才更为合理。我不知道我如何曾将柏拉图的形式同"博物馆里的静物"相提并论，又在阅读叔本华和埃里金纳的著作时，如何不理解它们是生动有力与和谐的。运动是不同时刻对不同地点的占据。非时不可感知，静止亦是如此。它是不同时间点对同一地点的占据。我为什么就未意识到被众多诗人钟情追求的永恒竟是将我们从以后难以忍受的压抑中——即使是瞬间地——解脱出来的极好手段呢？

　　我已追加了两篇文章，以补充修正本文：一九五二年的

《隐喻》和一九四三年的《循环时间》。

《双词技巧》不可能或许也不存在的读者可以质询我和玛丽亚·埃斯特尔·巴斯克斯撰写的《中世纪日耳曼文学手册》。我不想忽略两篇实用专题论文：鲁道夫·迈斯纳一九二一年在莱比锡出版的《宫廷诗人描述技巧》和赫塔·马夸特一九三八年在黑尔出版的《古英国描述技巧》。

《接近阿尔莫塔辛》是一九三五年出版的；我不久前读过《圣泉》（一九〇一年），其主要情节大致相似。在詹姆斯的精美小说里，讲述者探讨 A 或 C 是否影响了 B 的问题。在《接近阿尔莫塔辛》里，又通过 B 预料或揣测到极远处存在着 Z，而 B 并不认识 Z。

这几页反思的功或过都不会影响对我的因果报应，而只能涉及我慷慨执著的朋友何塞·埃德蒙多·克莱门特。

豪·路·博尔赫斯

永 恒 史

一

在《九章集》那个企图询问和确定时间性质的章节里，断言首先应了解永恒，众所周知，它是时间的模式和原型。对这个伊始忠告如果我们信以为真，那它就言过其实了，它似乎破灭了我们与该书作者沟通的希望。时间对于我们来说是个问题，一个可怕而又马虎不得的问题，也许还是抽象论的一个至关重要的问题；永恒，一场游戏或一个令人生厌的希望。我们在柏拉图的《蒂迈欧篇》里读到，时间是永恒的动态形象，这几乎就是一个使任何人都不能怀疑永恒是由时间实体构成的形象的断言。这个概念，这个由于人类异议而被丰富了的粗俗话语，就是我准备讲述的事情。

我首先使用普罗提诺的方法（唯一可利用的方法）回顾与时间紧密相连的黑暗：抽象论的秘密，大自然的秘密，它应先于永恒，永恒是人类的作品。其中一种黑暗，它不是最长久的，但也并不因此就不漂亮，就是那种阻碍我们确认时间方位的黑暗。从过去流淌到未来，大家都相信，但如果反过来，也并非就不合逻辑，它被米格尔·德·乌纳穆诺以西班牙文诗句确定为：

时间的夜河
自永恒清晨的源头
流淌……[1]

两者同样可信，又同样无法证实。布雷德利否定两者，进而提出了个人的假设：排除未来，它纯粹是我们堆砌的期望，而将"现实"归结于现时的尽头，分解到过去中去。这

---

[1] 经院式从潜在转向现实的观念与这种思想相近。参见怀特海的永恒物体，它们构成了"可能王国"，并进入了时间。——原注

种时间上的倒退往往迎合了衰败或平淡的状态，因而任何一种紧张都会让我们觉得是在向未来进发……布雷德利否认未来；印度的一个哲学流派否认现在，认为它是不可抓住的。橙子即将从枝头掉下来或者已经在地上，那些怪诞的简单化者们断言，没人见它掉下来。

　　时间提出了其他困难。一，也许是最大的困难，就是将每个人的个别时间与数字的总体时间同步的问题，这最近已被相对论的恐慌闹得甚嚣尘上了，大家对此还记得，或者记得不久前还记得。我接受了它，又把它加以变化：如果时间是个思维过程，数千人或仅仅是两个不同的人又如何统一它呢？另一个困难是伊利亚学派以之反驳运动的问题，它可以概括在以下几句话里：在八百年时间中不可能流动过一个十四分钟的阶段，因为首先得流动过七分钟，而七分钟里又得有三分半钟，而三分半钟里又得有一分四十五秒，如此无穷无尽，以至于十四分钟永远不会填满。罗素驳斥了这种论据，肯定现实以及无穷数字的一般性，不过从定义上讲，它们是一次出现的，而不是一个不尽数字过程的"最终"点。罗素的这些非正常数字就是永恒的明显预兆，并且同样不能被定义为各个部分的分别数字。

人类提出的任何一种永恒——唯名论的永恒、伊里奈乌斯的永恒、柏拉图的永恒——都不是对过去、现在和将来的机械补充。这是件最简单而又最神奇的事物：那些时间的同时性。共同的语言和那令人称奇的字句——每个版本都使前一个版本黯然失色——似乎无视它的存在，可是抽象论者却这么想。灵魂的客体是连续不断的，现在是苏格拉底，然后是马，《九章集》第五卷里谈到，总是一个个别的东西形成，而又有数千个东西消失；然而圣灵却可以同时包含所有东西。过去就在现在，将来亦是如此。世上没有任何东西流逝，在这个世界上，所有东西都在它幸福的环境里静静地持续存在。

我转而思考永恒，永恒中派生出后续的事物。的确不是柏拉图开创了它，在一本专门的书里，柏拉图谈到了先于他的"古老而神圣的哲学家们"，不过他辉煌地扩大和总结了前人的所有想象。杜森将之与日落相比：热烈和终止的光芒。希腊所有关于永恒的概念都集中在他们的著作里，已经被拒绝、被可悲地装饰起来的著作里。因此我首先谈到伊里奈乌斯。伊里奈乌斯提出了第二种永恒：它被三个不同、而且理不清的人罩上了光环的永恒。

普罗提诺以显而易见的热情说道："可见天空里的所有东西也是天，地是天，动物、植物、男人和海也是天。他们有个尚未产生的世界的天作为场景。每个物体都被其他物体所看见。在这个王国里，没有任何东西不是透明的。没有任何东西是不可进入、无法看透的，光明遇光明。一切都分散在四面八方，一切都是一切。每个东西都是全部东西。太阳就是所有星星，而每个星星又是所有星星和太阳。任何人都不会觉得自己走在外来的大地上。"那统一的宇宙，那对同化和交流的崇拜，还不是永恒，而是未完全从数字和空间里解脱出来的毗邻苍穹。对于对永恒的崇尚，对于普遍形式的世界，第五卷的那章想告诫的是：愿为这个世界——为它的能量、美丽、持续运动秩序、有形和隐形的诸神、魔鬼、树木和动物——称奇的人们提高对这个现实的思考，所有一切都是现实的复制品，人们可以在那里看到理念的形式，它不具有永恒性，却是永恒的；人们可以看到他们的头领，崇高的神灵；可以看到不可及至的智慧；还可以看到克洛诺斯的真正年代，它的名字叫鼎盛时期。所有不朽的东西都在世界上。一个个智慧，一个个神灵，一个个灵魂。所有地方对你来说都是现实的，你还要去哪里呢？你已经处于幸福之中，为什么还要尝试迁徙和移动呢？最初你不乏这种状态，但后来你会战胜它。只有在一种永恒里，东西才属于你：那个围绕灵魂转动时时间模仿出的永恒，它总是逃避过去，总是追求未来。

前面段落反复重复的数种断言会使我们导致错误的结论。普罗提诺请我们去的那个理想宇宙，其变化方面不如其整体方面值得研究。它是一种有选择的汇集，不允许重复和同义的重叠。它是柏拉图原型可怕的静止博物馆，我不知道亡灵的眼睛（在视觉之外或噩梦之外）是否注视过它们或者发明了它的遥远，希腊人曾经展示过它，不过我在那里感到了博物馆的味道：宁静、恐怖和有条有理……这是种读者可以舍弃的个人想象，而最好不舍弃的是柏拉图原型的某种总体概念，或基本原因或思想，它们可以组织与构成永恒。

这里不可能赘述柏拉图体系，不过一些初步知识的提示却不是不可以的。对于我们来说，最接近最可靠的现实就是物质——在孤独的原子中游动的旋转电子;而对于那些能够把事物柏拉图化的人来说,则是种类、形式。在《九章集》第三卷,我们看到物质是非现实的:它像镜子一样单纯空洞地被动接受宇宙形式;宇宙形式晃动它,占据它,但并不改变它的性质。它的整体恰恰就似一面完整的镜子,看似实,却是空;它是永不消失的幽灵,因为它不停止也没有能力停止。最根本的是形式。至于形式,佩德罗·马隆·德·柴德很久之后又重复了普罗提诺的观点:上帝让你们有个八角形金印,在其中一个部位刻上一头狮子,在另一个部位刻一匹马,再在另一个部位刻只鹰,以此类推,而在一块蜡上让你们印上一头狮子,在另一块蜡上印上鹰,再在另一块蜡上印上马,反正所有印在蜡上的图案金印上都有,只不过金印上的图案是刻上而不是印上的。不过,有个区别,蜡终究是蜡,价值不大,而金就是金,很值钱。造物上有精美的图案,但价值不大,而上帝那儿都是金的,上帝本身就是金的。由此我们可以推断出,物质分文不值。

我们认为这种观点不好,而且是不可思议的,不过,我们一直沿用它。叔本华的一个章节不是莱比锡办公室里的文件,也并非印刷品,不是秀丽的哥特文字,不是这种文字音节的排列,也不是我们有关他的看法。米利亚姆·霍普金斯就是由米利亚姆·霍普金斯做成的,而不是由氮或矿物质、碳水化合物、生物碱和中性油脂制成的,这些东西本来是精密银光谱或好莱坞基本精华的短暂物质。这些善意的解释或诡辩可以规劝我们容忍柏拉图的命题。我们的命题这样提出:个人和东西只有共享包括其在内的概念,即它的常存现实时才存在。我找个最有说服力的例子:鸟。群鸟的习性、幼年、种类、同黎明和黄昏的古老联系、日初和日暮的鸟、听觉多于视觉的情况,所有这些都推动我们承认概念的首位作用和个体几乎百分之百的无作用[1]。远离错误的济慈可以设想他着迷的这只夜莺就是路得[2]在朱迪亚的巴伦麦田听到它叫唤的那只夜莺。斯蒂文森举着一只已经消耗了几个世纪的鸟,一只吞噬时间的夜莺。叔本华,热情光辉的叔本华提出了一种解

---

[1] 我,智者的儿子,生活着,阿布贝克尔·阿本托法伊尔小说的难以理解也难以实现的鲁滨逊,仅仅吃岛上那些丰富的水果和鱼,并且一直注意不让任何一个物种死亡,不让宇宙由于他的过错而变得贫穷。——原注
[2] 《圣经》人物,摩押人,丧夫后不忍抛弃寡居的婆母拿俄米,随她回故乡伯利恒。见《圣经·旧约·路得记》。

释：动物生存的单纯身体状况，它们对死亡与回忆的无知。他后来补充道，并且不无微笑："哪个人听到我肯定地说现在在院子里玩耍的灰猫就是五百年前蹦跳淘气的那只猫，可以任意把我想象成什么人，不过更奇怪的疯癫就是把基本情况想像成另外一种样子。"接着，他又说："狮子的命运和生活需要狮子性，而时间意义上的生命则是通过个体的无限回复实现长生的狮子，它的繁衍和死亡构成了那个不朽形象的脉搏。而在此之前：一种无限的延续已经先于我产生，我那时又是什么呢？形而上学地讲，我大概可以回答自己：'我就是我；就是说，不管别人怎么说我那段时间的情况，我都不过是我。'"

我猜想那个永恒的狮子性大概可以得到读者的认可，读者可以在被时间的镜子折射成多只的唯一的一只狮子面前感到一股雄伟的轻松。而就人类的永恒概念，我却不指望如此：我知道它对我们的我予以否定，而宁愿毫无惧怕地散布一个其他人的我。不幸的征兆；柏拉图向我们提出了远为艰难的普遍形式。例如，桌子性，或者在天上的可知桌子：世界上所有木工追求的注定只能成为梦想和失败的四足形。（我不能否定全部；如果没有一个理想化的桌子，我们就不会得到具体的桌子。）例如：三角形性：非空间的杰出三边多角形，并不能被污蔑为等边形、不等边形或等腰形。（我也不排斥它，它是几何类的例子。）例如：需要、道理、推迟、关系、考虑、体积、秩序、缓慢、位置、声明、混乱。对于这些已经上升到形式的思想条件我不知道该如何发表意见，我觉得任何人都不可能不借助死亡、发烧或疯狂来感受它们。我曾忘记了另外一个包含了所有一切并且把它们加以升华的原型：永恒，它支离破碎的副本就是时间。

我不知道我的读者是否需要论据以摒弃柏拉图的学说。我可以向你们提供很多论据：首先，无拘无束共处形式世界的普遍语态和抽象语态互不相容又相互补充；其次，其发明者对事物采用普遍形式的过程所持的保留态度；另外就是有关这些单纯形式本身就具有混合性和变化性的猜测。它们并不是不可分解，却又像时间造物那样纠缠不清。它们被按照产物的形象制造出来，重复那些人们企图解决的异常现象。例如，狮子性怎能不具备威严和红颜色、不具备披头散发性和利爪性呢？这个问题没有答案，也不可能有：我们不能期待狮子性一词具有大大高于那个没有后缀的词的意义。[1]

我再回到柏拉图的永恒上来。《九章集》第五卷里有一个内容非常广泛的清单。正义就在此，还有数字（直到几？）和美德、行为、运动，不过没有错误和非正义，它们是形式已经腐坏的物质疾患。可以不是旋律，却是和谐与节奏，音乐就有了。病理学和农业没有原型，因为不需要。财政、战略、修辞学和统治艺术同样被排除在外，尽管在时间上它们也源于美观和时间。不存在个体，没有苏格拉底甚至高人或帝王的基本形式；普遍存在的是人。相反，所有几何形状都有了。色调中只有基本色调：在永恒里没有灰色，没有紫红

---

[1] 我不想在通报这个看法之前告别柏拉图主义（好像寒带的），希望能够把这个看法继续保留下去，加以论证。普遍的可以比具体的更强烈。不乏例证。小时候，我在本省北部圆圆的平原上避暑，在厨房里喝马黛茶的人引起了我的兴趣。可当我得知那块圆地就是大草原，那些人就是高乔人的时候，我幸福极了。同样，想象产生爱恋。普遍的（重复的名称、类别、祖国、赋予它的可敬命运）高于个别特性，由此而容彼。

最明显的例子，听觉恋在波斯和阿拉伯文学里非常普遍。听取对一个女王的描述——头发似乎分离和迁移的夜晚，可脸像愉悦的白昼。胸脯仿佛给月亮以光亮的象牙色球体，而漫步则羞煞了羚羊，让柳树感到绝望，沉重的胯使它们站立不起来，窄窄的脚细如矛头——爱她甚至爱及她的苍白和死亡，这是《一千零一夜》的传统主题之一。你读一下沙赫里曼的儿子巴德巴瑟姆或者易卜拉欣和亚未拉的故事吧。——原注

色，没有绿色。按照向前排列的顺序，最古老的形式有：区别、一致、灵感、安静和生物。

我们已经审视了永恒，它比世界还可怜。现在要看的就是我们的教会如何采纳了它，并且赋予了它比以往更高的意义。

二

有关第一永恒的最好著作是《九章集》第五卷；关于第二或基督教永恒的最好著作是圣奥古斯丁的《忏悔录》第十一卷。第一永恒仅仅产生在柏拉图的论题中，第二永恒则不带有三位一体的信仰秘密和由宿命论与天谴论引起的争论。厚厚的五百页仍未把这个题目说清楚，我希望这两三张八开纸不至于显得太啰嗦。

可以肯定，也很可能是错误的，"我们的"永恒是在马可·奥勒留死于慢性肠病后几年制定的，而那个短暂统治的地点过去是富尔维埃勒峡谷，以前叫旧广场，现在以缆车和大教堂著名。除了制定者伊里奈乌斯的权威，这种约束性的永恒也的确比毫无意义的神甫法衣或教会的铺张要强得多；它是一种决心，一种武器。圣子是由圣父造就的，圣灵又是由圣父和圣子产生的，诺斯替教徒常常从这两个无以辩驳的事件中推测出圣父先于圣子，而两者又先于圣灵。这种推测破坏了三位一体的概念。伊里奈乌斯阐述说，圣父产生圣子和两者产生圣灵的双重过程并没有在时间中发生，而是一次就穷尽了过去、现在和将来。这种阐述占了上风，现在成了教义。永恒就是如此被颁布的，以前它在柏拉图某种非权威文章的庇护下几乎未被认可。有关上帝三种假设之间的关联与区分现在是个难以置信的问题，而这个小事似乎又玷污了答案。不过结果的伟大意义是不容置疑的，甚至不容对置疑抱有希望。永恒是纯粹的今天，是无限的即刻和光明的结果。三位一体的精神作用和争议的存在也不容置疑。

现在，世俗天主教徒们把它看成无限正确，亦无限枯燥的社团；而自由派把它当做神学的守门人，一个将由共和国的许多成就清除的迷信。三位一体自然超出了这个格式。连接在一个机体里的父亲、儿子和幽灵的概念陡然而至，像个智力畸形、一个只有在噩梦中才能出生的怪胎。地狱只是个纯粹的肉体暴力，但是三个纠缠在一起的人就形成了智力恐怖，是个被扼杀的完美无限，就像两个相对的镜子。但丁曾经把它说成是一个由不同颜色圆圈叠置而成的标志；多恩把它看成由交错在一起的丰腴的蛇组成的标志；圣保罗写道：三位一体散发着耀眼的神秘光彩。

摆脱救世的观念，三个集中在一起的不同的人必须像裁决者。考虑到信仰的需要，它的基本神秘性并没有减少，而且显露出它的意图和作用。我们知道，拒绝三位一体，至少拒绝两位一体，就是把耶稣看成是上帝的一个临时代表，是历史的偶然事件，而不是我们信仰的不朽法官。如果圣子也是圣父，救世就不是直接的圣业；如果它不是永恒的，人类自责所做出的牺牲和死在十字架上，也就不是永恒的。"只有无限的美德才能补偿无限年代里迷失的灵魂。"杰里米·泰勒说。这样才能对教义做出解释，虽然圣子由圣父产生、圣灵由这两者产生的观念依然占有主要地位，且不涉及它属纯粹比喻的有罪条件。神学致力于将他们区分开来，认为没有理由把他们混为一体，因为其中一个结果是圣子，而另外一个结果是圣灵。圣子的永恒产生、圣灵的永恒存在是伊里奈乌斯的高傲决定的：发明一个无时间行为，一个残缺的无时间动词（Zeitloses Zeitwort），对之我们可以抛弃或者尊崇，但是不能讨论，伊里奈乌斯建议这样拯救魔鬼，他做到了。我们知道他是哲学家的敌人，他掌握哲学家的一种武器，又以之去反对他们，这大概能够使他产生一种战斗的乐趣。

按照基督教的观念，时间的第一秒与创世的第一秒相吻合，这就省略了一位在"以往"永恒里辗转了几个世纪的虚无上帝出现的情节（这是瓦莱里[1]不久前才重建的）。斯维登堡（见《基督教》，第一千七百七十一页）在一个精神世界的边缘地带看到了一个幻觉的塑像，并由此想象出那些愚蠢而又无结果地讨论上帝创世之前情况的人们已被吞噬。

自从伊里奈乌斯开创了基督教永恒后，它就有别于亚历山大永恒。既然是另一个世界，它就成了上帝思维十九种特性中的一种。开展民间崇拜后，原形就有了衍变成圣人或天使的危险；它们没有因此拒绝现实，那个总是大于纯粹造物

---

[1] 指法国象征派诗人保罗·瓦莱里。

的现实，不过这些原型最终还是被归纳成造物圣子的永恒思想。阿尔贝托·马格努斯最终确定了物质前世界（universalia ante res）的概念，他认为原型是永恒的，先于创世之物，不过只是以灵感或形式的方式出现。他十分仔细地将它们从物质中世界（universalia in rebus）分离出来，后者是已被分别具体到时间中的同一种神学概念。他还特别将原型从物质后世界（universalia post res）分离出来，成了由归纳性思维再揭示的概念。时间概念有别于神学概念，在于神学概念缺少创造性，而不在于其他方面。对上帝不一定仅限于拉丁范畴的怀疑在经院哲学里是不存在的……不过我得提醒一下，我超前了。

《神学手册》并没有特别关注永恒。它们只是说永恒是各部分时间的现代和全部的直觉，它以混淆视听的言论干扰希伯来《圣经》，仿佛圣灵说了那些评注家称好的东西的不少坏话。它们常常为此以高贵的蔑视或纯粹的长寿观念进行煽动：上帝面前的一天就像一千年，而一千年就像一天，或者采用摩西听到的伟大话语，还有上帝的名字：我就是我，或神学家约翰在透明海、红兽和吃船长肉的鸟之前和之后在帕特莫斯听到的话语：我是 A 和 Z，是始和终[1]。人们也沿袭博依斯的这个言论（孕育于监狱中，也许就是在他从背部处死之前）：永恒是无尽的生活和完全的拥有。汉斯·拉森马腾森的近乎淫荡的重复却更让我愉悦：永恒就是完全的今天，是无限宇宙最近和丰盛的果实。似乎相反，他们又蔑视那个踏海踏地天使的黑色誓言（《启示录》，第十章第六节）：指着那创造天和天上之物、地和地上之物、海和海上之物的，直活到永永远远的，起誓说："不再有时日了。这节里的时间的确应该相当于延续。"

永恒成了上帝无限思维的属性。大家都很清楚，一代又一代的神学家一直在为他的思维、他的形象和与他的相近而努力。没有任何激励能够像永恒宿命的讨论这样令人怦然心动。在十字架四百岁的时候，英国隐修士贝拉基竟冒天下之大不韪

---

[1] 关于人类的时间同上帝的时间标准不同的观念在伊斯兰教的登霄传说里体现出来。据说穆罕默德被光辉的天马带上了七重天，并且在每重天都同那里的宗教主和天使进行了交谈。穿过玉字时，感到一股冷风冻结了他的心脏，此时上帝在他肩膀上拍了一巴掌。天马离地时，从鞍辔上滚下一个装满了水的罐子。回来后，穆罕默德拿起了它，结果一滴水都没有洒。——原注

地想到至死都未接受洗礼的儿童能够到达天堂[1]。希波的主教奥古斯丁以令他的出版者们喝彩的愤怒抨击了这个理论。他指明了这个已被守教规者和殉教者们厌倦的异端学说：他否认我们已经在男人亚当方面犯了罪，而且我们也同亚当一样犯了罪的说法，他竟然可恶地忘记了那种死亡能够通过肉体自父向子传播，他藐视死在十字架上的人的血汗、超常的极度痛苦和叫喊，厌恶圣灵秘密恩典，限制上帝的放纵。英国人竟然贸然地援引法律。一直是法力浩然的圣人承认说，根据法律，我们所有男人都应该毫无宽恕地遭受火刑，然而上帝按照其难以揭示的裁决，决定拯救几个人，或者就像很久之后卡尔维诺并非不粗鲁地说到的那样：因为是（因为是哲学家）。他们是命中注定的。神学家的虚伪或廉耻把这句话保留给命中注定到天上的人。注定要备受煎熬的人不会有：的确、不受保护的人要永远遭受火的煎熬，不过这只是上帝的一个忽略，而不是一个特别行动……这种办法又更新了永恒的概念。

---

[1] 耶稣早就说过："让孩子们来找我吧。"贝拉基把自己置于儿童和上帝之间，自然会受到指控，并且把孩子们也发配到了地狱。就像圣阿纳斯塔修斯的名字一样，贝拉基的名字也可以有谐音。大家都说贝拉基应该是背垃圾。——原注

代代偶像崇拜者居住在地球上，却没有机会拒绝或信奉上帝的话语，仅想象能够不靠上帝的话语就能拯救自己就已非礼了，就像否认要把他们其中一些品德卓著的人排除在天堂之外一样没有道理。（茨温利一五二三年宣称他个人希望与赫克里斯、泰塞奥、苏格拉底、阿里斯提得斯、亚里士多德和塞内加分享天空。）上帝的第九属性（即无所不知）扩展一下就足以消除困难。据说它包括各种事务的知识：应该说，不仅包括现实事务，而且包括可能事务的知识。在《圣经》里搜寻可以对之进行充分补充的地方，结果找到了两处：一，在《列王纪上》里，上帝对大卫说，如果他不离开城的话，肯拉汗的人们将为他效力，可他离开了。另外一处在《马太福音》，其中诅咒了两个城市：哥拉汛哪，你有祸了！伯赛大啊，你有祸了！因为在你们中间所行的异能，若行在推罗西顿，他们早已披麻蒙灰悔改了。有了这些依据，动词的可能式就可以进入永恒了：赫克里斯与乌尔里希·茨温利共处穹苍，因为上帝知道他们使用的是教历。列尔纳七头蛇就会被置于外层黑暗之中，因为已证实，它头一个被拒绝洗礼。我们感觉到了现实，又想象到了可能（和未来）。上帝那里没有这种区别，区别属于无知和时间。其永恒不仅彻底（英明的行动）记录了这个密集世界的所有时刻，而且记录了那个最可能消失的时刻发生变化而可能出现的时刻，还有那些不可能出现的时刻。由时间和组合构成的永恒要比宇宙丰富得多。

与柏拉图的永恒不同，柏拉图永恒最大的特点就是平淡，而这种永恒则带有近似于《尤利西斯》最后几页，甚至近似于前一章广泛问讯录的危险。奥古斯丁宏伟的顾忌限制了这种繁冗。它的学说甚至在语言上都拒绝永恒的惩罚。上帝注意到被上帝看中的人，而忽视了被罚入地狱的人。大家都知道这点，却宁愿把注意力放在廉洁的生活上。秃头查理的宫廷教师约翰·斯科图斯·埃里金纳荣幸地歪曲了他的思想。他鼓吹一个无法确定的上帝，展示了一个柏拉图原型的世界，展示了一个不知罪孽和丑恶形式的上帝，展示了神化和造物（包括时间和魔鬼）最终对上帝的回归。圣典改善罪恶，永生抵消死亡，幸福即痛苦。这种混杂的永恒（它不同于柏拉图的永恒，包含着个人的命运；而又不同于东正教原则，排斥所有欠缺和不幸）遭到了巴伦西亚和朗格勒宗教会议的谴责。鼓吹这种永恒的有争议的著作《论自然的区分》第五卷点燃了公众之火。它适度地引起了藏书家的青睐，使埃里金纳的著作得以流传到我们这个时代。

宇宙需要永恒。神学家们并非不知道，如果上帝的注意力有一刻偏离我这只写作的右手，这只手就会变得毫无用处，就像一团无光的火焰熄灭了一样。因此人们认为这个世界能够保存至今就是一种常存的创造，保存和创造这两个如此对立的动词在天国就成了同义词。

三

至此，我们按照年代顺序讲述了永恒的通史。也可以说是几种永恒的通史，因为人类愿望就一直抱有两种叫这个名字的连续而又对立的梦想：第一种是现实主义的，即以一种奇怪的热情渴望造物的静止原型；另一种是唯名论的，它否认原型的事实，希望在一秒钟之内将宇宙上所有细微之物都聚集起来。这种学说远离了我们人类，以至于连我自己都不再相信所有的解释了，包括我自己的解释。这种唯名论只肯定个体的事实和类型的常规性。现在，我们就如同自然迸发的呆傻喜剧散文家一样:没有知识,它似乎就是我们思想的总前提,一个后天获得的公理。所以,也就没必要谈论它了。

至此,我们按照年代顺序讲述了永恒有争议而又法定的发展过程。远古的人,留大胡子的人和大主教创立了它,以公开地同异端学说混淆,恢复已被集为一体的三人之间的区别,以秘密地按某种方式滞留时间的流程。生活即浪费时间:除非在永恒的形式下,否则我们不能恢复或保存任何东西,我看到乔治·桑塔亚那以爱默生式的西班牙文这样写道。足以与之相提并论的只有卢克莱修有关交媾谎言的可怕段落了:仿佛一个梦中想喝水,而喝多少水都不能解渴的人,仿佛一个身在河中却被干渴焦灼至死的人:维纳斯如此以幻象蒙骗那些情人,可对身体的视觉不足以令他们满足,尽管游离不定的相互交织的手抚遍全身,却不能将任何东西分离或保留。最终,他们的身体出现了喜悦的先兆,维纳斯即刻就要播种女人的田野,情人们热烈地搂抱在一起,情爱的牙齿顶着牙齿,但他们不能在另一方销魂,也不能成为一个自我。原型和永恒两个词意味着最可靠的拥有。的确,延续是一种不能容忍的不幸,而巨大的欲望又贪婪着时间的每一分钟和空间的各种变化。

　　大家都知道，确认身份要靠记忆，取消这种功能是种愚蠢行为。可以考虑宇宙本身。没有永恒，没有灵魂中发生的事情的微妙反映和秘密，宇宙史就成了流失的时间，其中包括我们的个人史，这使我们感到不愉快的自负。仅靠柏林纳的留声唱片或电影胶片、形象的纯粹形象、其他偶像的偶像是不够的。永恒是最丰富的创造。的确，它不感知，而且谦恭的持续时间也不算永恒。否认永恒，想象承载着城市、河流和欢乐的年代能够广泛消失，就如同想象自己能够完全自我拯救一样不可信。

　　永恒是如何开始的呢？圣奥古斯丁并不清楚这个问题，不过他指出了一个事实，似乎可以提供解决的办法：存在于全部现在的过去和未来的因素。他援引了一个特定的情况：诗的回忆。开始之前，诗歌已在我的预想之中；一经完成，就在我的记忆中；不过在我说此话的时候，它又在记忆中分化，所以我可以说出它来；而在预想阶段我就说不出来。对整个诗歌发生的事情，也发生在每一首诗和每一个音节上。对于由诗歌构成的最长的情节，对于由一系列情节构成的个人命运以及由一系列个人命运组合的人类，我都如是说。不过，这种对于时间各个时间之间内部关系的证实还包括延续，这与统一形式的永恒模式不相适应。

我想思乡就属这种模式。流落他乡而牵肠挂肚的人们总是回忆幸福的可能性，把它们看作是次类永恒（sub specie aeternitatis），完全忘记了如果实现其中一项可能就得排除或推迟其他可能。在情感上，回忆属于非时间性限制的。我们将过去的幸运集中成一个独立的形象，而我每天下午观看的红色纷呈的西方在记忆上也只是一个西方。预见亦是如此：最不相容的希望可以毫无障碍地共处。换句话说，愿望的风格就是永恒。（可信的是，在永恒的含义中——无限的即刻和光明的结果——存在着列数追求的特别愉悦的原因。）

四

现在只差向读者指出我个人有关永恒的理论了。这是个没有上帝的可怜的永恒，而且没有其他拥有者，没有原型。我曾在一九二八年出版的《阿根廷人的语言》一书中提出这个理论。我又曾把那时出版的东西加以改写，文章的题目是《感受死亡》。

"我想在此审视前几天夜晚的一次经历：如果称之为历险，它只是个极其短暂和令人陶醉的小事；如果称之为思想，它又显得极其无理和伤感。它只是一个情景，一句话：一句我已经预言过的话，不过在此之前我一直未曾切实体验过。下面我连同说明它的时间和地点的事件一起讲述一下这句话。

"我记得这句话是这样的。那天晚上的前一个下午，我正在巴拉卡斯：我习惯上不去那种地方，而后来我走的那段距离已让我的那天充满了味道。它的夜晚似乎漫无目的。夜很恬静，我吃完饭后出来走走，回忆些事情。我不想为这次散步确定路线，只是力求最大幅度的可能性，不想因为对某种可能性的必然先见而使整个前景令人疲倦。我尽可能地走得慢，就是人们称之为漫步的速度。我接受了偶然最黑暗的邀请，不过随便看看宽阔的大街或街道，并没有什么特别的去向意识。尽管如此，一种家庭的吸引力还是使我向一些居民区偏离，居民区的名字我想永远不忘，并且让我从胸中感到崇敬。我不想如此说明我的居民区，那只是童年的活动范围，而是想说明那些仍然神秘的毗邻：那个我已经在语言上完全拥有，而实际上却远非如此的毗邻，那个与某个时间相连的神话般的毗邻。熟悉的反面，它的背部对于我来说就是那倒数第二条街道，我对它就像对我家埋在地下的地基或我们看不见的骨骼一样一无所知。我走到一个街角。在思维宁静的休憩中，我呼吸着夜晚的空气。本来就不复杂的视野，由于我的疲劳而变得更简单了。它的特色使这种视野显得超然现实。街道上是低矮的房屋，尽管其头等住宅已经脱贫，而第二等也确实舒适。那是最贫困又最美丽的街道。没有任何一家房屋给街道带来生气。无花果树黯然立在街角。比墙上加长线还高的小门仿佛是用夜晚的同一种无限材料制作而成。街上的人行道崎岖不平。街道是原土的，美洲仍未被征服的土。街道尽头已经乡村化，正向马尔多纳多方向分解。混浊纷乱的土地上，一堵玫瑰色的围墙似乎不愿将月亮留住，而且让里面的月光溢出。没有任何比玫瑰色更好的其他方式来称呼这种柔情了。

"我注视着这种朴实。我想，肯定是高声的：这就是三十年前的那一切……我将推测这个日期：在其他国家已是近代，而在这世界交替之面,大概该属于遥远时代了。也许有只鸟在唱歌,我由此感到了小小的亲情,就像小鸟那么大的亲情。不过最能肯定的就是,在这令人眼花缭乱的寂静中,除了蟋蟀同样无时间限制的声音,别无它有。非常简单的我在一八几几年的思想已不再是几句概括性的话语,它已经深入现实。我感到死了一样,成了世界的抽象感知者:充满科学而又无法确定的恐惧是玄学的最好解释。我不相信,不相信我已经逆着时间的假想河流而上,甚至我还怀疑我是否已掌握了那难以领会的永恒一词中言不尽意或根本不存在的含义。只有后来我才终于给那个想象下了定义。

"我现在这样写:那些同类事物的单纯再现——宁静的夜晚、藤忍冬的乡村气息、原土——三十年前那个街角的一切不仅完全一致,而且它们既不是相似,也不是重复,就是本身。如果我们能够察觉到那种一致,时间就成了一种欺骗。一个看起来是昨天的时刻和另一个看起来是今天的时刻之间的相同性和不可分性足以把时间分解。

"很明显,这种人类时刻的数量并不是无限的。那些基本时刻——肉体痛苦和肉体享乐的时刻、接近睡眠的时刻,聆听音乐的时刻、非常紧张或非常松弛的时刻—都是最客观的。我提前作出结论：生活如果不是不朽的就太可怜了。可我们甚至对我们的可怜都不能肯定，因为时间在感觉上很容易被否定，但在理论上就并非如此了，延续的概念与其本质似乎是分不开的。于是，模糊的意识成了情感轶事，真正的陶醉时刻和永恒关于那天夜晚对我并不吝啬的可能暗示也就成了本文的明显特色。"

为了给永恒的这部传记加以戏剧性的趣味，我不得不做些调整，例如，把一个普通事务归纳入五六个名称。

我在书房里随意查看了一下。至于对我最有帮助的著作，我应该列数以下几部：

《希腊哲学》，冯·保罗·杜森著，莱比锡，一九一九年。

《普罗提诺作品集》，托马斯·泰勒译，伦敦，一八一七年。

《新普罗提诺主义图解》，E.R.多兹译并序，伦敦，一九三二年。

《柏拉图哲学》，阿尔弗雷德·富耶著，巴黎，一八六九年。

《作为意志和表象的世界》，叔本华著，莱比锡，一八九二年。

《圣奥古斯丁的忏悔》，P.安赫尔·C.维加著，马德里，一九三二年。

《通向圣奥古斯丁的丰碑》，伦敦，一九三〇年。

《教条主义》，冯·R.罗特著，海德堡，一八七〇年。

《哲学批判随笔》，梅嫩德斯-佩拉约著，马德里，一八九二年。

双词技巧

文学史上最冷淡的愚蠢行为之一就是那些费解的描写或者冰岛诗歌的双词描写技巧。它们大约传播于公元一百年，极北人或无名史诗作者遭到个人意识的吟唱诗人排斥的时代。一般都把它说成是没落现象，不过这种令人压抑的形式无论是否有效，都致力于解决问题，而不是提出问题。现在我们只需承认它们是首批本能文学的刻意快感语言就足够了。

我先举个最丑恶的例子：《格雷蒂尔萨迦》里穿插的许多诗中的一首：

英雄杀死了马克的儿子；
出现了刀光剑影和乌鸦的食物。

如此华丽的诗句，两种比喻的鲜明对置——一种是骚动不安，另一种是残酷和静止——可以轻而易举地欺骗读者，使他们以为这只是一种战斗及其结果的强烈直觉，另外就是其有失严肃的事实。乌鸦的食物——让我们为它忏悔吧——就是尸体的同义词之一，还有刀光剑影，是战斗的同义词。这类比喻就是双词描写技巧。记忆和不重复地使用它是原始文人渴望的理想。大量使用它可以摆脱对叠韵、内韵要求极其严格的韵律学困难。从下面几行字里就可以看到其不连贯的使用方式：

巨人子孙的毁灭者
在银鸥草原的结实野牛面前碰碎。
上帝亦是如此，此时晚钟的守护人正在暗泣。
岸边的游隼被解体。
对于它来说，希腊人的国王，
并不比在礁石上奔跑的马高贵。

这个巨人子孙的毁灭者就是托尔。晚钟的守护人按照其特性则是新信仰的牧师。希腊人的国王是耶稣基督,道理很简单,因为这是君士坦丁堡皇帝的名字之一,而耶稣基督也是如此。银鸥草原的野牛、岸边的游隼和在礁石上奔跑的马并不是三种异常的动物,而是一条受伤的船舶。这些可悲的句法方程中,第一个是第二等的,因为银鸥草原是大海的一个名字……部分解开这些症结后,我请读者将这几行词句划分类别,这确实有点 décevante(令人沮丧)。《尼雅尔萨迦》[1]诗人里夫的母亲施泰因沃拉的深沉之口以瑰玮的散文讲述了巨大的托尔如何想同耶稣争斗,而耶稣对此并不感兴趣。日耳曼文化学者尼德纳崇尚这些形象的"人性和对立性",并把它提高到"我们渴望的现实价值的现代诗歌"的高度。

另一个例子,埃吉尔·斯卡拉格里姆松的几句诗:

狼牙的染色者

普施红天鹅的肉。

剑的露水的游隼

---

[1] 十三世纪冰岛萨迦中最长、最优秀的作品之一。

在平原上吞食着英雄。
海盗月亮的蛇
实现了铁器的意志。

第三句和第五句诗显示了一种几乎是有机的满足。它们企图传递的内容相差无几，也可以说是零。它们并不是让人想象，不促使产生幻想和激情；它们不是出发点，而是终点。其欢乐——充分的和最低程度的欢乐——都体现在它的色彩纷呈中，体现在语言的纷繁交错中。[1] 也许它们的发明者是这样理解的，而其象征的特性就是一种对智力的纯粹收买。铁器是上帝，海盗的月亮是盾牌，蛇是长矛，剑的露水

---

[1] 我想寻找一位与之相等的欢乐经典作家，一位能够与那几位我最不可能被收买的读者不愿否定的作家相提并论的作家。我要将克维多杰出的十四行诗同奥苏纳公爵的《马车和船舶上的恐怖及步兵部队》相比。人们很容易在这种十四行诗里发现对句的富丽效应。
　　佛兰德的原野是他的坟茔，
　　血红的月亮是他的墓志铭。
它先于所有表述又不依附于表述。随后的表达同样如此：军人之泪，意思不难理解，但却平淡无奇：军人们的眼泪。至于"血红的月亮"，最好还是不要看作是土耳其人的象征，被堂佩德罗·特列斯·希隆的什么强盗行径搞得黯然失色。——原注

是血，游隼是乌鸦，红天鹅是所有鲜血淋淋的鸟类，红天鹅的肉是死鸟，狼牙的染色者是幸福的斗士。思考唾弃转变。海盗月亮并不是盾牌最需要的定义。这是无可争议的，不过海盗月亮是个不会被盾牌代替的提法，这同样是无可争议的。将每个双词技巧归纳成一句话不是解出未知数，而是取消诗歌。

耶稣学会的巴塔萨尔·格拉西安·莫拉莱斯遇到了其机制类似或等同于双词技巧的迂回法的反对。题目是夏季或曙光。他没有直接提出来，而是以一种应受到谴责的怀疑对之进行论证和协调。下面就是这种勤奋的悲凉结果：

在天国的竞技场上，
白日的骑士
在弗莱赫通[1]上
勇敢地向浑身闪光的公牛挑战，
扎枪划出阵阵金光。

---

1 希腊神话中的地狱之河，河上充满火焰。

人们为他的技艺鼓掌

那精彩的星星节目——

华丽贵妇如云

赞赏他优美的身姿,欢快的桑葚

挂在曙光的看台上——

千姿变化

爪上别着羽毛

火红的发冠

迎着大量闪光的星

(天国田野的母鸡)

在廷达瑞俄斯[1]蛋的诸鸡中

公鸡主导着自负的太阳神,

而伟大的丽达背叛了神灵,

孵化出母鸡……

  尊敬的上帝的斗牛—斗鸡狂热并不是该叙事诗的最大罪

---

[1] 希腊神话中的斯巴达国王,娶忒斯提俄斯的女儿丽达为妻,生有许多子女。后丽达与宙斯私通,生有海伦。

孽。更可恶的是逻辑装置：每个名称及其可怕的隐喻的同位语，为谵语的无法实现的辩解。埃吉尔·斯卡拉格里姆松的章节是个问题，或者可以说是个谜。一个难以置信的西班牙语问题，一种混乱不清。让人感叹的是，格拉西安是位优秀的散文家，一位技巧能力无限的作家。你要证实这点，可以看看他笔下的这个见解："一小块金缘宝石，可以锁住浩瀚的精神；普林尼简短的颂词，须以永恒来衡量。"

在双词技巧里，功能特性占主导地位。它们确定事物主要看其作用，而不是看其外观。它们常常对涉及的东西赋予生命力，而且遇到有生命力的题材时，还可以将其行为加以颠倒。它们数量很大，却已被充分地遗忘了，这促使我把这些凋谢的修辞之花重新加以汇集。我已汇集了斯诺里·斯图鲁松的作品，他作为历史学家、考古学家、一些温泉疗养所的建筑家、家谱学者、某个大会的主席、诗人、双重叛徒、被斩首者以及幽灵而著称于世[1]。一二三〇年，他

---

[1] "叛徒"是生硬之词。斯图鲁松也许就是个纯粹的狂热分子，一个对接踵而来又互相矛盾的忠诚丑闻已不知羞耻的人。在知识界方面，我知道两个例子：弗朗西斯科·路易斯·贝纳德斯和我。——原注

开始使用双词技巧，带着一些不可抗拒的目的。他想满足两种不同的情绪：稳重和对长辈的崇拜。只要双词技巧不是十分错综复杂，而且某个经典例子可以同意他使用，他还是很喜欢双词技巧的。我把他最初的一段话抄录在此：这段话是写给那些想掌握诗歌技巧并想以传统比喻方式改善人物刻画的初学者以及那些寻求了解写作秘诀的人。最好尊重那些长辈们认为已经足够的历史，而且最好信基督教的人能够解除他们的信仰。在七个世纪前，歧视并非是无益的：北方一些《走近帕尔纳索斯》的德国译者就建议将它作为《圣经》的替代品，并且发誓说，不断使用挪威的轶事是将德国日耳曼化的最有效工具。卡尔·康拉德也许是个最可悲的例子，他是斯诺里专著最残缺不全版本的编者和一部五十二个"星期日节选"私人读物的作者，这部被称为另外一种"日耳曼崇拜"的读物在第二版时做了很大的修改。

斯诺里的专著题为《散文埃达》。它包括两部分散文和一部分诗歌——就是这部分诗歌给他带来了那个绰号。第二部分谈的是埃吉尔或赫勒尔的历险，他对巫术极其精通。他访问了亡人们称之为特洛伊的阿斯加尔德邸宅诸神。黄昏时，奥丁让人拿来几把锃亮的剑，剑亮得都无须照明了。赫勒尔同他的邻居结下了友谊。邻居是神布拉格，对言辞和韵律学很精通。一大牛角杯的蜜水在两人的手上传来传去，他们谈论诗歌、人和上帝。邻居对他说应该使用比喻。这段绝妙的对话录现在我正引为借鉴。

在集录上，我并没有排除我已经记录下来的双词技巧。汇编时，我感到了一种近乎集邮的快乐。

岛之家 ⎫
风之家 ⎬ 空气

海之箭：大西洋鲱

浪之猪：鲸鱼

座之树：凳子

颌骨之森林：胡须

剑之会议 ⎫
剑之暴风雨 ⎪
泉之汇 ⎪
长矛飞 ⎬ 战斗
长矛之歌 ⎪
鹰之节日 ⎪
红色盾牌雨 ⎪
海盗的节日 ⎭

弓力 ⎫
肩胛骨之腿 ⎬ 手臂

血淋淋的天鹅 ⎫
亡人的公鸡 ⎬ 兀鹫

制动的掸子：马

盔之柱 ⎫
肩之岩石 ⎬ 头
身体的城堡 ⎭

诗歌锻造：官廷诗人的头

牛角杯之浪 ⎫
杯之潮汐 ⎬ 啤酒

空气之盔 ⎫
空中之星的地 ⎬
月亮之路 ⎬ 天空
风之杯 ⎭

胸之苹果 ⎫
思想之坚硬橡实 ⎬ 心脏

仇恨之海鸥 ⎫
伤口之海鸥 ⎪
女巫之马   ⎬ 乌鸦
乌鸦之表兄 ⎭

语言之石：牙齿

剑之地   ⎫
船之月亮   ⎪
海盗的月亮 ⎬ 盾牌
战斗之顶   ⎪
战斗之乌云 ⎭

争斗之冰   ⎫
愤怒之杖   ⎪
盔之火   ⎬ 剑
剑之龙   ⎪
啮齿盔   ⎭

战斗之棘
战斗之鱼
血桨　　　} 剑
伤之狼
伤之枝

弓弦之冰雹 } 箭
战斗之鹅

房子的太阳
大树的沦落 } 火
殿堂之狼

乌鸦的快乐
乌鸦喙的染红者
鹰之愉悦者　 } 斗士
盔之树
剑之树
剑之染色者

盔之妖魔 ⎫
可爱的喂狼者 ⎬ 斧子

家园的黑色露水：烟油

狼树 ⎫
木马 ⎬ 草叉 [1]

痛苦的露水：泪水

尸体之龙 ⎫
盾牌之蛇 ⎬ 长矛

嘴之剑 ⎫
嘴之浆 ⎬ 舌头

---

[1] "骑着木马下地狱"，这是我在《英格林萨迦》第二十二章里看到的。寡妇、天平、矛头、登峰造极在黑话里都是草叉的名称。"画框"是纽约黑话里"绞刑架"的名字。——原注

游隼的座位 ⎫
　　　　　 ⎬ 手
金戒指之国 ⎭

鲸鱼之顶 ⎫
天鹅之地 ⎪
帆船之路 ⎬ 海
海盗的平原 ⎪
海鸥的平原 ⎪
岛之链 ⎭

乌鸦之树 ⎫
鹰之燕麦 ⎬ 亡人
狼的小麦 ⎭

海狼 ⎫
海盗之马 ⎪
　　　　 ⎬ 船
海王的驯鹿 ⎪
海盗的溜冰鞋 ⎭

浪之耕犁 ⎫
耕海车　⎬ 船
岸之游隼 ⎭

脸的石头　⎫
　　　　 ⎬ 眼睛
额头的月亮 ⎭

海之火　　⎫
蛇之床　　⎪
　　　　　⎬ 金子
手的灿烂　⎪
分歧的青铜⎭

长矛休息：和平

呼吸之家　⎫
心脏之船　⎪
　　　　　⎬ 胸
灵魂的墓地⎪
笑的基座　⎭

46

皮夹的雪
坩埚里的冰 } 银
天平之露水

戒指的主人
财宝的分发者 } 国王
剑的分发者

岩石的血液 } 河
大地的网络

狼的小溪
屠戮的潮汐
亡人之露水
战斗之汗水 } 血
乌鸦的啤酒
剑之水
剑之浪潮

歌曲的铁匠：宫廷诗人

月亮之姊妹¹ ⎫
　　　　　　⎬ 太阳
空气之火　　 ⎭

动物之海　　⎫
　　　　　　｜
暴风雨之层　⎬ 大地
　　　　　　｜
薄雾之马　　⎭

畜栏的主人：斗牛

人之成长 ⎫
　　　　　⎬ 夏天
蛇之活跃 ⎭

---

1 语法上有性之别的日耳曼系语言称太阳为阳性，月亮为阴性。按照卢贡内斯的说法（《耶稣会帝国》，一九〇四年），瓜拉尼部落的宇宙起源说认为月亮是阳性的，太阳是阴性的。日本的古宇宙起源学也把太阳说成是女神，把月亮说成是男神。——原注

| 火之兄　　　｜
| 森林的破坏　｝风
| 索具之狼　　｜

我省略了由一个简单的词同一个双词构成——例如：伤口之杖的水：血；仇恨海鸥的窃贼：斗士；红色身体天鹅的小麦：尸体，以及神话类的单词——如精灵的沦落：太阳；九母的儿子：海姆达尼神等——构成的第二级双词技巧。我还省略了一些不常见的例子：海之火的乳罩；一个戴着普通金坠儿的女人。[1] 其中力量最强的、能够关键性化解谜团的，我只提出一个例子：游隼的位置的雪的厌恶者。游隼的位置即手，手的雪就是银子，银子的厌恶者就是远离银子的男人们，即慷慨的国王们。其方法大概读者已经意识到了，即传统的乞丐方法，对于乐善好施的赞扬，目的在于鼓励。由此产生了银子和金子的许多别称，产生了对国王贪婪的提法：

---

[1] 如果有关德·昆西的情况我没搞错（《作品集》，第十一卷第二百六十九页），在里科弗龙（Licofron）的黑色诗歌里，其入射方式就是罪恶的卡桑德拉的入射方式。——原注

戒指的主人、财富的分发者、财富的守护人。同样也产生了像挪威人埃温·斯卡尔达比利尔这样的真情对话：

我愿建立一座赞美
像石桥一样稳固。
对于阿谀的燃煤
我想我们的国王不会吝啬。

这种对金子的认可并且称之为危险和光辉的说法并非就无效。有条有理的斯诺里这样阐述它："我们说得很清楚，金子是手臂和腿的火，因为它的颜色是红的，可是银子的名字就是冰或雪或雹块或霜，因为它的颜色是白的。"然后："诸神回访埃吉尔（Aegir），他邀请诸神留宿他家（在海上），并用金板为他们照明，金光像万神殿的剑一样明亮。从此人们称金子为海上和所有水域和所有河流之火。"金币、戒指、包钉装饰的盾牌、剑、斧头都是诗歌的回报，在某些极特殊的情况下，还是大地和船舶的回报。

我收集的双词并不完全。赞颂者们毫无廉耻地进行文字重复，宁愿穷尽各种变化之词。只要查看一下《船舶》一文里的双词技巧和那些靠明显的对置、遗忘或艺术的雕虫小技增殖的双词技巧就可以认识到这点了。同样产生了许多有关斗士的双词。一位诗人称之为剑之树，也许树和胜是谐音异义之词。另一位诗人称之为矛之圣栎树，又有诗人称之为金杖，还有诗人称之为铁风暴的可怕枞树，更有诗人称之为战斗之鱼风景区。有时候这种变化也遵守一项法则：展示马库斯的一幅风景画，画上的船从近处看就显得大了。

  洪水的凶猛野猪
  跳到了鲸鱼的顶上。
  倾盆大雨之熊
  扰乱了帆船之路。
  波涛之斗牛打断了
  捆绑我们城堡的锁链。

  夸饰文体是经院思想的一种狂热，而经过斯诺里修整的风格更可谓愈演愈烈，几乎达到了对所有日耳曼文学，即复合语言文学偏爱的荒谬程度。这种文学的最古老文学巨著是盎格鲁-撒克逊文学的巨著。在《贝奥武甫》里（它的写作日期是公元七百年），海是帆船之路、天鹅之路、浪涛的大酒杯、鲣鸟的浴池、鲸鱼之路；太阳是世界的蜡烛、天空的欢乐、天空的宝石；竖琴是兴高采烈的木头；剑是锤子的下脚料、争斗的伙伴、战斗之光；战斗是剑之游戏、铁之雨；船是海洋的穿越者；龙是黄昏的威胁、财宝的卫士；身体是骨头的屋宇；女王是和平的编织者；国王是戒指的主人、人们的黄金朋友、人们的首领、财富的分发者。《伊利亚特》里船也是海洋的穿越者，几乎穿越了大西洋，而国王就是人们的国王。在公元八百年的《圣徒传》里，海也是鱼的浴场、海豹之路、鲸鱼的水池、鲸鱼的王国；太阳是人类的蜡烛、白昼的蜡烛；眼睛是脸面的珠宝；船是浪涛之马、海洋之马；狼是森林的居民；战斗是盾牌的游戏、长矛之飞舞；长矛是战斗之蛇；上帝是斗士的欢乐。在《动物寓言集》里，鲸鱼是大洋的守护者。在《布鲁南堡之役》[1]中（那是公元九百年的

---

[1] 古英语战争题材诗歌作品，内容伤感，音节悦耳。

事），战斗就是长矛的招待、旗帜的呼啸、剑的集合、人们的聚会。诗人们准确地把握着自己的形象，其革新是暴风骤雨式的，而将各种形式之间互相结合起来就成了更加复杂象征的基础。可以想像到，时代帮助了它。只有当海盗的月亮几乎与盾牌等同时，诗人才可能提出海盗月亮之蛇的方程式。这个时刻产生于冰岛，而不是英国。创作词汇的快乐在英国文学里延续了很长时间，不过形式各异。在查普曼译的《奥德赛》（一六一四年）里不乏这种特别的例子。其中一些是优美的（美妙的）：细腻的早晨，劈波斩浪（delicious-fingered Morning, through-swum the waves），另外一些则纯粹属于视觉和字体的：红白相间的纤细的夫人一样倏忽（Soon as the white-and-red-mixed-fingered Dame）。还有一些则奇怪地笨拙：循环聪明的女王（the circularly-witted queen）。对于这些情况可以输入日耳曼的血液再加上希腊的读音。这里还有一些完全德语化的英语，有一本《英语方言辞典》建议将一些英语词进行修改，我把它们抄录在此：将"坟墓"改成lichrest，将"逻辑"改成rede-craft，将"四角形"改成fourwinkled，将"移民"改成outganger，将"英俊"改成fearnought，将

"逐渐"改成bit-wise,将"家谱学"改成kinlore,将"答辩"改成bask-jaw,将"绝望"改成wanhope。对于这类情况可以加入英语和德语的一些怀念性知识……

纵览双词技巧的集录就是忍受一种秘密几乎无处不在的不舒服感觉,而且这个集录也显得牵强、啰嗦。在谴责它之前,我们还不应该忘记,如果我们把它移位至一种没有复合词的语言里,那只能使它的无用之处更加严重。战斗之刺或者军事之刺只能是一个不成功的婉转词组。kampfdorn或者battle-thorn就更不要提了[1]。甚至连我们的舒尔-索拉尔的有关语法的忠告也未得到尊重,如吉卜林的诗:

在牲畜干粪炊烟缭绕的沙漠上,

或者叶芝的一句诗:

那个遭海豚撕裂、锣声折磨的海洋,

---

[1] 翻译双词词组时,用一个西班牙文的名词加一个特别的形容词("家庭太阳"而不用"家之太阳","手辉"而不用"手之光辉")也许更忠实些。不过缺少了形容词就显得不很贴切,而且更费解些。——原注

这在西班牙文中无法做到,也无法想象。

类似的例子不胜枚举。其中明显的一点就是那些不确切的说法还被诗人的弟子们成批地研究着,却没有被介绍给听众,而只是停留在诗歌的喧嚣中。(那个直截了当的公式

$$剑之水 = 血$$

也许是个例外。)我们不懂他们的法则:我们不知道一个双词法官对卢贡内斯的出色比喻的指责究竟落在何处。几乎没有给我们留下什么话语。我们不可能知道那些话语是从何种腔调、从何种的脸上、以何等令人惊叹的坚毅或谦虚说出来的。可以肯定的是,某一天他们从事了令人称奇的职业活动,而且他们巨大的无能就像深色的啤酒和种马的决斗[1]一样,使火山无人区和峡湾[2]的红色男人们陶醉。如果说是

---

[1] 我谈的是熔岩和坚冰岛屿上的一种特别体育活动:种马决斗。在急迫的母马和人们呼喊的催促下,疯狂的种马展开了鲜血淋漓的撕咬,有时还是殊死的撕咬。介绍这种活动的文章很多。历史学家说,一位头领可以在夫人面前骁勇地打斗,可是种马一看到母马望着它,它就不决斗了。——原注
[2] 冰川谷被海水淹没形成的狭长海湾。

一种神秘的快乐产生了这种双词技巧,这也不是不可能的。其本身的粗俗——战斗之鱼:剑——可以说是一种古老的幽默,是对北部男人们的一种愚弄。这样,在我重新提到的这个野蛮的比喻中,斗士和战斗在一个看不见的平面里融合在一起,剑在飞舞,互相撕咬,令人生恶。这种想象也出现在《尼雅尔萨迦》里,其中一页写道:剑出了鞘,斧头和长矛在空中飞舞,互相打击。武器疯狂地追逐着人们,大概只能用盾牌挡住它们了,不过还是有很多人又受了伤,每只船上都死了一个人。这种情况在布罗德那次战败之前的航行中就有体现。

我在《一千零一夜》的第七百四十三夜看到这样的告诫:我们不要说幸福的国王已经死去,他留下了这位谦恭、文雅、举世无双、像狮子般凶猛、像月亮般明朗的继承人。明喻并不就高贵,而且其根源也明显不同。像月亮的人,像猛兽的人并不是思维过程可以讨论的结果,而是两种直觉正确、暂时的事实。双词技巧成了诡辩,成了毫无生气的谎言游戏。这里有些值得记忆的例外,有首反映某个城市火灾的诗,那火微弱又可怕:

人在燃烧,珠宝在愤怒。

最后的言论。肩胛骨之腿的说法不多见,不过并不比人的手臂更不多见。把它想象成坎肩袖口投射出的一条空裤腿,布线缠绕在五个长得可怕的手指上,这就直觉出了它的不多见之处。双词技巧向我们传述了这种惊奇,让我们对世界感到奇怪。它们可以启动这种漂亮的困惑,这是形而上学的唯一骄傲,是对它的补充,是它的源泉。

一九三三年,布宜诺斯艾利斯

附　　记

莫里斯[1],认真而又坚强的英国诗人,在他的最后一首长诗《伏尔松族的西古尔德》中穿插了许多双词技巧。我在此

---

1 威廉·莫里斯醉心于中世纪文化和唯美主义,《伏尔松族的西古尔德》(一八七六年)叙述了中世纪冰岛诗文中英雄西古尔德的悲剧。西古尔德即《尼伯龙根之歌》中的齐格弗里德。

抄录一些，不知道是经过改编的，抑或他本人的原作，还是两者兼而有之。战争的火焰，旗帜；屠戮的潮汐、战争之风，进攻；岩石的世界，山；战争之林，长矛之林，战斗之林，军队；剑的组织，死亡；法夫尼尔[1]的沦落、决斗之污点、齐格弗里德的愤怒，他的剑。

芬芳之父，啊，茉莉花！开罗的商贩们叫道。毛特纳发现阿拉伯人常常从父子关系中引申出他们的形象。请看：早晨的父亲，公鸡；抢夺的父亲，狼；弓的儿子，箭；峡谷的父亲，山。还有个例子令人担忧：在《古兰经》里，能够说明神存在的最普遍的可怕证明就是说人是由几滴坏水儿产生的。

大家都知道，坦克一开始叫陆上之船、陆上装甲舰。后来人们给它加上了"坦克"的名字，以混淆视听。原来的双词的程度就更明显。另外一个双词称之为"长猪"，这是食肉类动物对他们主菜的一个美味的委婉词。

极端派的亡灵玩味着这些游戏，他们的幽灵一直在我这

---

[1] 中世纪冰岛诗文中守护宝物的巨龙，死于西古尔德即齐格弗里德之手。

里徘徊。我把它们献给一位女伴：诺拉·兰赫[1]，她的血液也许能够认识它们。

一九六二年附记

以前有一次，我模仿别人写道，叠韵和比喻是日耳曼古诗的基本因素。两年对英国文学的研究使我现在修正了这个观点。

关于叠韵，我的理解是，它们与其说是目的，不如说是手段。其目标是突出某些应该强调的话语。其证据之一就是那些开音的元音，就是说它们之间区别很大，相互之间就叠韵。另一个证明是古文学里不存在例如十四世纪的熙熙攘攘的集市（a fair field full of folk）之类的夸张叠韵。

至于说比喻是诗歌不可缺少的成分，我的理解是，复合语言里的浮夸和庄重是取悦于人的东西，而双词技巧最初还算不上比喻。《贝奥武甫》开始的两句诗里包含着三个双词

---

[1] Norah Lange（1906—1975），阿根廷女诗人、小说家。著有诗集《日日夜夜》、《玫瑰的方向》和小说《童年笔记》等。

技巧（长矛的丹麦人、往昔的日子或年份的日子、人民的国王），实际上它们算不上比喻，直到第十句诗时才有个像样的表达（鲸鱼之路：海）。比喻本来不是基本成分，经过比较发现，它只是文学的一个迟到的发现。

在对我最有用的书中，我应该列出以下几本：

《散文埃达》，斯诺里·斯图鲁松著，阿瑟·吉尔克里斯特·布罗德译，纽约，一九二九年。

《旧埃达》，于贝泽策·冯·胡戈·格林译，莱比锡，一八九二年。

《旧埃达与语法》，于贝泽祖姆和埃劳特伦根著，莱比锡，一九二〇年。

《伏尔松萨迦及来自旧埃达之歌》，艾里克·芒努松和威廉·莫里斯译，伦敦，一八七〇年。

《燃烧萨迦的故事》，选自冰岛文《尼雅尔萨迦》，乔治·韦布·达森特，爱丁堡，一八六一年。

《格雷蒂尔萨迦》，G.安斯烈·海特译，伦敦，一九一三年。

《冰岛文化》，冯·费利克斯·尼德纳，耶拿，一九二〇年。

《盎格鲁-撒克逊诗选》，R.K.戈登选译，伦敦，一九三一年。

《贝奥武甫的事迹》，被约翰·厄尔利选入《现代诗选》，牛津，一八九二年。

隐　　喻

　　历史学家斯诺里·斯图鲁松在他复杂的一生里做了很多事情，其中一件就是在十三世纪初编写了一部冰岛诗歌传统修辞手段的生僻词典，里面可以看到例如以仇恨的海鸥、血的游隼、血淋淋的天鹅或红天鹅表示乌鸦，鲸鱼之顶或岛屿之链表示海，牙齿的家就是嘴。这些被他交织在诗中的隐喻起到（或起到了）一种愉快的意外效果，然后我们就感觉到已经没有为它做解释的激情了，并且认为它们费解而又徒劳。我发现象征主义和马里诺[1]诗派的修辞格已遇到了同样的情况。

　　克罗齐可以指责十七世纪的诗人和巴罗克演说家们"内心冷酷"和"不太聪明的聪明"。在斯诺里收集的婉词里，我看到任何企图制造新隐喻的目的都reductio ad absurdum（近乎荒唐）。我怀疑卢贡内斯或波德莱尔失败的程度并不比冰岛宫廷诗人低。

亚里士多德在《修辞学》第三卷里认为所有隐喻都产生于两个不同事物之间共同之处的直觉。米德尔顿·默里要求相同应该是切实的，而在此之前，这一点还一直没有被注意到（《意识的国度》，第二卷第四十页）。正如所见，亚里士多德把隐喻建立在事物的基础上，而不是建立在语言的基础上。斯诺里保存的比喻是（或看来是）不感受等同，而只是把单词结合在一起的思维过程结果。有些东西可以留下些印象（红天鹅，血的游隼），不过它们什么也没有表露或传导出来。从某种程度上可以说，它们是纯粹为说而说，就像一块玻璃或一只银戒指那样单纯和单独。同时，语言学者里科弗朗特称赫拉克勒斯[2]为三夜之狮，因为他被宙斯生产的过程持

---

1 Giovan Battista Marino (1569—1625)，意大利诗人，长诗《阿多尼斯》情节曲折，辞藻华丽，形成盛行一时的诗风。
2 据希腊神话，赫拉克勒斯的母亲阿尔克墨涅临产时，他的生父宙斯决定这一天降生的英雄将成为威力无边的统治者。赫拉出于妒忌，使用法术，推迟了赫拉克勒斯出生的时间。

续了三个夜晚。除了注释家们的表述外，这个句子还是值得记忆的，不过它并没有发挥亚里士多德要求的作用。[1]

在《易经》里，宇宙的名称之一就是"万人"（Diez Mil Seres）。大概三十年前，我们这一代曾惊奇那些诗人们竟然忽视了本来可以实现的许多组合词，而且仅怪癖地局限于少数几个著名词组：星星和眼睛，女人和花，时间和水，老迈和黄昏，睡梦和死亡。经过这番说明和剥离，这些词组就显得完全无足轻重了，不过我们先看几个具体的例子。

在《旧约》里可以看到（《列王纪上》，第二章第十节）："大卫与他列祖同睡，葬在大卫城。"多瑙河的船员们在遇到水上灾难，船下沉时常常祈祷：我睡觉了，然后我还要划桨[2]。荷马在《伊利亚特》里谈到了死神的兄弟伊普诺斯。莱辛说，关于这种兄弟之情，有几个殡仪碑为证。威廉·克莱姆说它是死亡的猴子，他这样写道：死亡是第一个宁静之夜。

---

[1] 我认为"三翅鹰"也一样，是波斯文学里面的一种隐喻称呼（布朗：《波斯文学史》，第三卷第二百六十二页）。——原注
[2] 腓尼基船员也有最后祈祷的习惯："卡塔戈的圣母，我归还船桨。"根据公元前二世纪的钱币判断，我们应该把西顿理解为卡塔戈圣母。——原注

在此之前，海涅也写道：死亡是清凉的黑夜，生是闷热的白昼……维尼[1]称死亡为大地之梦。《布鲁斯》里称死亡为老吊床扶手椅，这是最后的黑色之梦，最后的午睡。叔本华在他的著作里重复了死亡—睡梦的方程式，这里我只需抄录几行足矣：所谓睡梦是对个人而言，是为死亡而言（《作为意志和表象的世界》，第二篇第四十一节）。大概读者还记得哈姆雷特的话"死亡，睡眠，也许就是梦想"以及他对死亡之梦可能是恐怖之梦的惧怕。

将女人比作花是另外一种永恒和轻浮。我这里有几个例子。"我是沙仑的玫瑰花，是谷中的百合花。"[2]书拉密女在《雅歌》中说道。在威尔士《马比诺吉昂》第四分支马思的故事里，一位王子爱上了一个不属于这个世界的女人，一个巫师通过符咒和幻觉，用橡树花、金雀花和欧洲合页子花制造了那个女人。在《尼伯龙根之歌》的第五次奇遇中，齐格弗里德看到了克里姆希尔特，我们首先得知的是他的脸上放射

1　Alfred de Vigny（1797—1863），法国浪漫主义作家。
2　语出《圣经·旧约·雅歌》第二章第一节。

出玫瑰花的颜色。阿里奥斯托受卡图卢斯[1]的启示，将少女同一种秘密之花相比（《疯狂的罗兰》，第一歌第四十二节）。在阿尔米达花园里，一种紫色尖嘴的鸟劝情人们不要让那种花凋谢（《耶路撒冷的解放》，第十六卷第十三至十五节）。十世纪末，马莱伯想安慰一位痛失爱女的朋友，在他的劝说中有这样一句著名的话：玫瑰，她恰似玫瑰只绽放一个清晨。莎士比亚惊叹一个花园里深朱砂色的玫瑰和洁白的百合花，[2]不过对于他来说，这些奢华只是他那不存在的爱情的阴影（《十四行诗》，第九十八首）。"上帝在制造玫瑰的时候制造了我的脸，"萨莫色雷斯[3]女神在斯温伯恩的一页书里说道。这样的例子可能数不胜数。[4] 我们只需回顾一下《赫米斯顿的韦

---

1 Gaius Valerius Catullas（约前84—约前54），古罗马抒情诗人，他的许多诗作中表达过对一名叫莉丝比娅的女子的爱慕之情。
2 莎士比亚原诗为："我既不惊叹百合的一片素净／也不歌颂玫瑰那深红的色泽。"
3 Samothrace，希腊岛屿，一八六三年发现著名的有翼胜利女神像。
4 在弥尔顿的著名诗篇《失乐园》里，第四卷第二百六十八至二百七十一行，也有对专横的普罗塞尔皮娜细腻的刻画，这是达里奥的诗：
　　尽管时间固执，
　　我的爱情饥渴未了。
　　带着满头灰发
　　我走近花园里的蔷薇。——原注

尔》[1]——这是斯蒂文森的最后一部著作中——记述的一个场面：英雄很想知道在克里斯蒂娜的灵魂里"是否仅仅有一只花朵颜色的动物"。

第一组我收集了十个例子，第二组收集了九个。有时核心单位不像不同点那样明显。谁会有先见之明地怀疑到"老吊床扶手椅"与"大卫与他列祖同睡"会出自同一来源呢？

西方文学的第一座丰碑《伊利亚特》写作于大约三千年前。可以推测出，在如此长的时期内所有内在的、必要的相关词（梦境—生存、睡眠—死亡，河流和生活的流淌等等）都曾被涉及和写作过。这当然不意味着隐喻的数量已到尽头，指出或者暗示观念秘密情感的方式实际上是无止境的。其作用或短处尽存在语言中。但丁在那首怪诗（《炼狱》，第一歌第十三行）里运用一块上面凑巧地刻着"东方"字样的透明石头来指出东方的天空，这毫无疑问是令人赞叹的。不过贡戈拉的作品（《孤独》，第一部第六节）就并非如此了：星星

---

[1] 斯蒂文森于一八九六年创作的小说，未完成。

掠过蓝宝石的领域,如果我没说错,这完全是种粗话,是种强调。[1]

有一天我会写部隐喻史,我们将会知道那些推测里包含的对与错。

---

[1] 这两句诗都源于《圣经》:"他们看见以色列的上帝,他脚下仿佛有平铺的蓝宝石,如同天色明净。"(《出埃及记》,第二十四章第十节)——原注

轮回学说

一

这种学说（它最新的发明者称之为"永久轮回"）大概可以这样提出来：

"构成世界的所有原子的数量虽然是无限的，却也是微小的，只能完成数量微小（虽然也可以是数量无限）的对置。在一般无限的时间内，可能数量的对置应该是可以实现的，而宇宙不得不重复。你将重新从肚子里生出来，将重新长出你的骨骼，这篇文章也会重新到达你同一双手上，你将重新经历所有时刻，直至你那难以相信的死亡。"这就是这种论断的一般顺序，从平淡无味的开头到具有威胁意味的巨大结尾。

一般人们都把它归属于尼采。

在反驳它之前——我不知道自己是否有能力反驳它——我们最好先体会一下，即使是远远地，他援引的那些超常的数字。我先谈原子。氢原子的直径已经测量过，如果没有弄错的话，是一亿分之一厘米。如此令人惊叹的小体积并不意味着它是不可分割的，相反，卢瑟福按照太阳系的模式，确定它由一个中心原子和一个旋转电子构成，要比一个整体原子小十万倍。我们暂且把原子和电子放在一边，而设立一个简单的宇宙，它由十个原子组成。当然，这是简朴的试验性宇宙：它是隐形的，显微镜怀疑不到它；它又是无法衡量的，任何一个天平都不能称它。我们还按照尼采的推测，同样提出，这个宇宙的变化数量只能是十个原子可以承受的变化数量，不过可以把它们排列的顺序改变一下。在出现一个永久轮回之前，这个世界可以出现多少不同的状态呢？查询很简单：只需 $1×2×3×4×5×6×7×8×9×10$，复杂的运算可以告诉我们一个数字 3 628 800。如果宇宙一个极小的粒子可以产生出如此的变化，我们对宇宙的单调大概就该很少或根本不抱持任何信心了。我按十个原子考虑，如果要得到两克的氢，我们就得需要一万亿个万亿之多的变化。要计算这两克东西上可能产生的变化——得说清楚，就是要把它前面的每一个整数都乘以一万亿次的万亿次——这可是大大超出了我的耐心能力的运算。

我不知道我的读者是否相信它，反正我不信。这种巨大的数字的无痛单纯繁衍肯定会产生一种特别的剩余乐趣，不过轮回差不多是永恒的，尽管为期还遥远。尼采可能回答说："卢瑟福的旋转电子，对于我来说是个新情况，包括他那原子可以再分解的想法——对于一个哲学家来说，这种想法多丢人啊。但是，我从来没有否认物质的变化数量巨大，我只宣称过它们并不是无限的。"弗里德里希·查拉图斯特拉[1]这种真实的回答使我不得不求助于格奥尔格·康托尔和他英勇的集合论。

康托尔破坏了尼采命题的基础。他肯定了宇宙点数量的完全无限性，甚至在宇宙里的每一米或者这一米的某个部分

---

[1] 这是博尔赫斯的一个文字游戏。尼采著有《查拉图斯特拉如是说》，借古代拜火教创始人查拉图斯特拉之口表达自己的哲学思想，于是把尼采的名字和他笔下的人物搁置一处。

里，运算对于他来说只不过是将两个序列加以比较。例如，如果埃及所有家庭的长子，除了住在门上有个红色标记的家里的之外，全部被天使杀了，那么很明显，有多少红色标记，就有多少人逃生，而不必去计算这个数字到底是多少。这里数字是不确定的，还有一些群组的数字是无限的。自然数字的集合是无限的，不过它可以显示出有多少奇数和偶数。

1 对应 2
3 对应 4
5 对应 6

验算的结果是完美无瑕的，不过下列数字是有几个数就有三千零一十八的几个倍数，并且不再除去这个三千零一十八本身及其倍数。

1 对应 3 018
2 对应 6 036

3 对应 9 054

4 对应 12 072，等等

它的乘幂也如此处理，无论随着我们进一步运算，它的数字有多大。

1 对应 3 018

2 对应 $3\,018^2 = 9\,108\,324$

3，等等

聪明地接受这些事实可以产生出一个公式，即一个无限组合——例如整数的自然极数——是一个其项数可以同时平分为无限极数的组合。（为了避免产生混乱，最好说，无限组合就是可以相当于其部分组合的组合。）在数字的高纬度上，部分数字并不比总数少：宇宙各点的确切数量也就是在一米之中，或十分之一米中，或者在最深的星际轨道上点的数量。自然数的极数排列有序，可以说，构成这个极数的项是连续的，二十八排在二十九前面，接在二十七后面。空间各点的极数（或者时间各个时刻点的极数）不能这样排列，它们没有任何一个数字具有邻近前数和邻近后数。这就好比分数的极数是按照量值确定的。$\frac{1}{2}$之后的分数应该是哪个呢？不是$\frac{51}{100}$，因为$\frac{101}{200}$挨得更近；不是$\frac{101}{201}$，因为$\frac{201}{400}$挨得更近；不是$\frac{201}{400}$，因为更近的……点也是如此，格奥尔格·康托尔如是说。我们可以一直再加入其他数字，次数无限。然而，我们应该力图不使数额减少。每个点"已经"是一个无限再划分的终点。

康托尔漂亮的游戏同查拉图斯特拉漂亮游戏的摩擦对于查拉图斯特拉来说是致命的。如果宇宙能够证明数量无限的项的存在，那就肯定可以进行数量无限的组合——那样，轮回的必要性就算无效了。剩下纯粹的可能性，只能以零计算。

二

尼采大约在一八八三年秋写道："这只缓慢的蜘蛛爬向月光，而这月光本身，和你和我在大门边窃窃私语，窃窃私语着永恒的东西。我们对过去的认识不是已经一致了吗？我们不再踏上那漫长之路，在那可怕的漫长之路上，我们不再永远奔波了吗？我这样说，声音总是不太高，因为我的思想和我思想后的思想让我感到害怕。"亚里士多德的释义者欧德摩斯大约在公元前三世纪写道："如果我们应该相信毕达哥拉斯派的说法，同样的东西会按时回来，你将再次同我在一起，我又重复这个学说，我的手还将摆弄这根手杖，其他情况也如此。"在禁欲主义者的宇宙起源观里，宙斯从世界取得给养：宇宙周期性地被产生它的火消费掉，然后它又在灭亡中再生，以重新开始一次完全一样的历程。不同的种粒子又重新结合，石头、大树、人口重新成形，连道德和时辰也同样，因为对于希腊人来说，一个名词不带形体，那简直是不可能的。每把剑、每个英雄都是重新出现，每个细腻的安眠之夜也都是重新出现。

就像芝诺学派的其他设想一样，这种普遍轮回的设想也随着时间而传播开来，它的技术名称 apokatástasis（万物复兴）已经载入《使徒行传》[1]（第三章第二十一节），尽管目的

---

[1] 《圣经·新约·使徒行传》这一节的原文是："天必留他，等到万物复兴的时候……"

并不明确。圣奥古斯丁《罗马公民权论》第十二卷用了几个章节批驳这种如此可恶的学说。这几个章节（就在我眼前）纷繁错综难以总结，不过作者勃然大怒看来主要源于两个原因：一，这种循环的虚无性和无用之处；二，逻各斯[1]像个杂耍艺人似的死在十字架上的笑料。细说起来，送别和自杀都有失尊严。关于耶稣在十字架受难一事，圣奥古斯丁的想法也许同样如此。因此他愤怒地摒弃了禁欲派和毕达哥拉斯派的观点。这两派解释说，上帝的科学不能理解无限的事情，世界这种不断循回过程的存在只能让上帝逐渐领会和熟悉它。圣奥古斯丁嘲笑那些空洞的革命，断言耶稣是让我们从这类欺骗的循环迷宫中逃脱出来的直接途径。

约翰·斯图尔特·米尔在他的《逻辑体系》谈偶然法则的章节里说，历史的定期重复是可以感知的，但不是真实的，他引用了维吉尔的《弥赛亚牧歌》：

刚刚走了室女座，土星王又返回。

---

[1] Logos，《圣经》用语，原为希腊哲学、神学用语，意为"话语"或"理性"。

尼采是古希腊语言文化学者，难道他不知道这些"先驱们"吗？尼采曾写过一些有关苏格拉底崇拜者的文章，可他能不知道毕达哥拉斯的弟子们学的那种学说吗？[1]很难让人相信，而且也毫无意义。的确，尼采曾在一篇值得纪念的文章里提到永恒回复的意识造访他的确切地点：西尔瓦普拉纳森林的一条小路上，一块巨大的角锥形石头附近，一八八一年八月的一天中午，"离人和时间六千尺的地方"。那的确是值得尼采骄傲的一个时刻。"我创造了永恒回复思想的时刻永存，"他写道（大意），"在那个时刻，我承受着回复（《悲剧的诞生》，第二卷第一千三百零八节）。"不过我认为，我们不应该要求出现一个令人惊奇的无知，一个在启示和回忆之间人类的混淆，也不应该允许出现虚无的过失。我的解释是语法性质的，差不多可以说是句法式的。尼采知道永恒手段是永远不断出现的寓言或恐惧或娱乐里才有的，而且他也知道语法人称里最有用的是第一人称。作为先知，他应该肯定地说它是唯一有用的人称。由于声音和时代隔阂的原因而不是

---

[1] 这种糊涂是无益的。尼采一八七四年曾嘲笑毕达哥拉斯关于历史轮回反复的观点。（《论历史对人生的利弊》）——一九五三年博尔赫斯原注

印刷字体的原因，查拉图斯特拉不可能从某个概论或里特尔和普雷勒尔助理教授的《希腊罗马哲学史》里引申出什么启示。先知的风格不允许使用引号以及引用什么著作和作者的学问。

如果我的肌肉能够同化羊的粗肉，谁还能够阻止人的思维也同化人类的思维状态呢？经过反复思考和忍受，万物的永恒轮回就算是尼采的而不是一个仅仅名字属于希腊的死者的东西了。我不会坚持说，米格尔·德·乌纳穆诺也曾写过关于传授这个思想的文章。

尼采希望人们能够忍受永垂不朽。我是用他私人笔记本里的话说的。《偶像的黄昏》里还有这样的话："如果你以为在再生之前可以有很长一段平静，我向你发誓，你想错了。在意识的最后一刻和新生命的第一个光点之间'没有任何时间'——这个阶段只持续一道闪电那么长的时间，尽管几万亿年也不足以与之相比。假如少了一个我，无限就可以相当于延续了。"

在尼采之前，人的长生不老只是希望上的完全错误，一个模糊的方案。尼采把它作为一种义务提出来，而且赋予它一种梦呓般的野蛮光辉。睡眠不足（我在罗伯特·伯顿的古老专著里读到的）折磨着忧郁者，它向我们证明尼采忍受过这种折磨，所以他在苦味的氯醛水化合物中寻求解脱。尼采想成为惠特曼，他想认认真真地爱恋他的命运。他采用了一个英勇的方法。把希腊令人不能忍受的永久轮回的假设从地下挖掘出来，企图把它推论成一种快乐的时刻。他寻找宇宙中最恐怖的思想，把它作为人的快乐而加以推荐。这种乐观的微风常常被想象为是尼采式的。尼采以无限回复的圆圈看待它，并且如此从他嘴里进了出来。

尼采写道："不渴望遥远的幸运、恩典和祝福，只希望我们能够生活到愿意重新生活的程度，如此永远。"毛特纳反驳说，将最小的精神影响，也就是实践，归属于永久轮回的观点就是否认这个观点，因为它只相当于想象某种东西可以以另外一种方式产生。尼采大概会回答说，永久轮回的提出以及由此引申的精神影响（也就是实践），还有毛特纳的思考以及他对毛特纳思考的反驳是世界历史另外一些必要的时刻，是原子震撼的杰作。他有权利把他已经写过的东西再重复一下："轮回学说只要能被认可或成为可能就足矣。一个纯粹的可能形象可以让我们感到震撼并重新做起。永恒痛苦可能性的作用还小吗？在另外一个地方：在这个思想出现的时刻，所有颜色都会改变——而且又有了另外一种历史。"

三

有时候，那种"已经经历了那个时刻"的感觉令我们沉思。永恒回复的拥护者们向我们发誓就是如此，并且寻求把他们对这种迷茫状态的信仰进一步证实。他们忘记了记忆涉及了一个新问题，就是对这个论点的否定，而时间将会逐步完善它，一直完善到每个人都可以预见到自己的命运，并且宁愿以另外一种方式行事的遥远轮回过程……此外，尼采从未向我们谈起过对回复的记忆。[1]

---

[1] 关于这个明显的肯定，内斯托尔·伊瓦拉写道："也有发生某种震撼我们的新情况，就像是一个回忆我们自认为已认出的东西和事件，其实我们肯定是第一次遇到，我想象这肯定是我们记忆的一种奇特的表现。起初某种认识还形成无意识。片刻之后，振奋中，这一回我们有了意识，我们的记忆开动起来，使我们感觉似曾相识，但还不能确切地回忆，于是我们从时间上做大踏步后退，到离我们很远的地方，重现某种过去的生活。而实际是刚刚发生的事，究其原因，是我们的漫不经心。"——原注

他没有谈到原子的有限性,这点也应该突出一下。尼采否定原子,原子构造对于他来说不过是世界的一个模式,仅仅是为眼睛和算术理解所用……为了使他的立论有据,他谈到了一种有限的力量,它在时间上变成了无限,但却不能进行数量无限的变化。他的做法有点不仗义:首先他就提防我们的无限力量的意识——"我们得小心点儿这些思想狂!"——然后他又慷慨地承认时间是无限的。同样他们还喜欢引用"前期永恒"。例如:宇宙力量的平衡是不可能的,否则现在还得是"前期永恒"。或者就是宇宙史已经出现过无数次——那是在"前期永恒"里。这种举例的方式看来是正确的,不过我们还是得重复一下,那个"前期永恒"(或者按照神学家们说的先永恒(aeternitas a parte ante)不过是我们在给时间下定律方面的无能表现。在对空间方面,我们同样如此无能,所以引用一个"先永恒"就像引用一个"正面无限"一样至关重要。我换句话说,如果时间在直觉上是无限的,那么空间也如此。那个"前期永恒"同实际流淌的时间毫无联系。我们退到第一秒,就会发现它还得有前一秒,而那前一秒又需要有另外一个前一秒,如此无限。为了制止这种无限的倒退，圣奥古斯丁决定，时间的第一秒与创世的第一秒同步——不仅是时间的，而且是创世之始的时间的。

尼采求助于能源。热力学第二定律说存在着不可逆转的能过程。热和光不过是能的形式。只要将一束光放射到黑色平面上，它就可以变成热。热却相反，不会变成光的形式。这个无害平淡的现象就否定了永恒回复的"圆形迷宫"。

热力学的第一定律[1]宣称宇宙的能量是守恒的。热力学的第二定律[2]说这个能量趋于隔离，趋于无序，而且其总体质量不会下降。这个宇宙力量的逐步分化过程就是熵。一旦各方温度持平，一旦一个物体对另外一个物体的全部作用被排除（或被补偿），世界就将成为原子的意外大聚会。在星际深渊的中心部分，这个很难得到又至关重要的平衡已经得到了。借助于整个宇宙的相互交换就能够取得它，它将是温和的、

---

1 即能量守恒定律。
2 即能量耗散定律，由英国物理学家开尔文勋爵和德国物理学家克劳修斯在十九世纪中期提出。它直接导致了"宇宙热寂说"：由于宇宙中的能量转化为有用功的可能性越来越小，宇宙中热量分布的不平衡逐步消失，最后，整个宇宙将达到热平衡状态，不再有能量形式的变化，不再有多种多样的生命形式，宇宙在热平衡中达到寂静和死亡。

无生气的。

光在热中逐渐消失，宇宙一分钟一分钟地看不见了。它也变得更轻盈了。有的时候，它只是热，平衡、静止、同等的热。那时候就是死亡了。

最终的观点，不过这次是形而上学的。我同意查拉图斯特拉的命题，不过我并非刚刚懂得两个一样的过程为什么最终没有集中在一起。一个没有被任何人证实的纯粹的延续就够了吗？如果没有一个特别的大天使负责的话，我们穿越了第一万三千五百一十四个周期而不是系列的第一个周期或带有两千指数的三百二十二个周期又意味着什么呢？在实践方面不意味任何事情——这不会伤害思想者。在智力方面，不会有任何问题——智力的问题已经够严重的了。

一九三四年，东萨尔托

为写此文参考的书籍中，我要列出以下几部：

《悲剧的诞生》，尼采著，莱比锡，一九三一年。

《查拉图斯特拉如是说》，尼采著，莱比锡，一八九二年。

《数学哲学导论》，罗素著，伦敦，一九一九年。

《原子入门》，罗素著，伦敦，一九二七年。

《物理世界的特性》，A.S.爱丁顿著，伦敦，一九二八年。

《希腊哲学》，保罗·杜森著，莱比锡，一九一九年。

《哲学辞典》，毛特纳著，莱比锡，一九二三年。

《上帝之城》，圣奥古斯丁著，马德里，一九二二年。

循环时间

我常常永恒地回复到永恒回复中去。这里我争取（在一些历史提示的帮助下）确定它的三种基本方式。

第一种要归咎于柏拉图。他在《蒂迈欧篇》第三十九段里说，七个速度不等的行星速度平衡后，就会回到它们的出发点，这个变化就使那年成了一个完整年。西塞罗（《论神性》，第三卷）承认说计算那长远的天期不是件容易的事，不过好在这个阶段并不是无限的。在他一部失传的著作中，他为自己确定了一万二千九百五十四个"我们称之为年"的东西（塔西佗：《演说家的对话》，第十六节）。柏拉图死后，占星术在雅典传播开来。这个无人不知的学问断言人的命运是由星星的位置决定的。有个没算白看《蒂迈欧篇》的星象家提出了这个难以辩驳的论点：如果天体周期是循环性的，那么宇宙也该如此；每个柏拉图年之后，同一个人就会再生，并完成同样的命运。时间把这种假设交给了柏拉图。卢奇利奥·瓦尼尼一六一六年写道："阿喀琉斯将再去特洛伊，礼仪和宗教将再生，人类历史将重演，现今一切都已有过。过去的事物会再现。但这一切只是一般，不是（像柏拉图所说的）具体而言。"（《奇妙的自然奥秘》，对话，第五十二节）一六四三年，托马斯·布朗在《一个医生的宗教信仰》第一卷的注释里声称："柏拉图年就是几个世纪的过程，在它之后，所有东西都恢复到原来的状态，而柏拉图派也在重新讲解他的这个学说。"在理解永恒回复的第一种方式里，论据是占星术式的。

第二种与光荣的尼采，其最凄楚的发明者或传播者有联系。一个代数原理可以为他作证：观察证明，n数量的物体——勒庞假说里的原子、尼采假说里的力量、共产主义者布朗基假说中的元素——不足以实现无限数量的变化。在我列数的三个学说中，最有道理也最复杂的是布朗基的学说。他像德谟克利特一样（西塞罗：《学园派哲学》，第二卷第四十节),不仅让时间,而且也让无垠的空间充满了相同和不同的世界。他的书动听地叫做《天体的永恒》,是一八七二年出版的。在此很早之前就有休谟的一段简练却又充实的文章,它包括在叔本华曾建议翻译的《关于自然信仰的对话》里,不过据我所知,至今没有人特别提起过它。我把它直译过来:"我们不要把物质想象成无限的,就像伊壁鸠鲁做过的那样。我们把它想象成有限的。有限数量的粒子并不是可以进行无限移位的。在一种永恒的持续里,所有可能的顺序和位置都将无限次地发生。这个世界,包括其各种细小的东西,甚至包括最微小的东西,都被制作和消灭,而且还将被制作和消灭;无限地。"(《对话》,第八篇)

关于这个同类宇宙史的永久系列,罗素认为:很多作家认为历史是循环性的,今天状态的世界,包括其最微小的细节,早晚都会重现。他们是怎样提出这个假设的呢?我们可以说以后的状态在数值上与前一个状态一致。我们不能说那种状态出现两次,因为这需要有它的年代体系——世界有了日期体系以后,而假设不让我们有这个体系。这种情况就相当于人在世界上走了一圈:他不说出发点和抵达点是两个不同但是很相像的地方，而是说是同一个地方。历史循环说的假设可以这样解释：我们将某个特定情况的所有当代情况组成一个整体，在某些情况下，这个整体也是自己的前身（《意义与真理的探究》，一九四〇年，第一百零二页）。

  我要说到第三种表示永恒回复的方式了，它不那么可怕和做作，可也是唯一可想象的。我是说相近不相同的循环概念。不可能提出权威性的无穷目录：我想到了梵天的日日夜夜；我想到了静止时钟的时期，时钟是个金字塔，被一只鸟的翅膀缓慢地磨损着，每一千零一年磨擦一次；我想到了赫西奥德从金的时代退化到铁的时代的人们，想到了赫拉克利特的世界，它被火产生，又周期性地吞噬火焰；想到了塞内加和克里西波的世界，想到了它被火灭亡，被水更新；想到了维吉尔的第四田园诗和雪莱美好的回声；想到了《传道书》；想到了通神论者；想到了孔多塞发明的十进制；想到了培根和乌斯宾斯基；想到了杰拉尔德·赫德，想到了施本格勒和维柯；想到了叔本华，想到了爱默生；想到了斯宾塞的《第一原理》和爱伦·坡的《我找到了》……在如此繁多的证明中，我只抄录一份，是马可·奥勒留的："即使你的生命的年份是三千或三千的十倍,你记住,现在另外一条生命一年也不少,而少了年份的生活现在也不存在。最长的和最短的终结都是一样的。现实是所有人的,死亡就是失掉了现实,这是个极短的时期。任何人都不会失掉过去和未来,因为对任何人都不可能剥夺他没有的东西。你记住,所有的东西都在旋转,而且又重新在同一轨道上旋转。对于观众来说,看它一个世纪或二十个世纪或无限制地看下去都是一样的。"(《沉思录》,第二卷第十四节)

如果我们略为严肃地读一下前面那几行字(就是说,我们决定不把它看做是纯粹的规劝或道义),我们将会看到,它提出了,或者假设了两个新奇的想法。第一,否认过去和未来的存在。叔本华的这段文章对此做出了说明:"意志出现的形式只能是现实的,而不能是过去和未来。过去和未来只是为了概念和为了束缚于理性原则的意识而存在的。没有任何人在过去中生活过,也不会有任何人在未来中生活,现实就是生活的全部表现。"[1](《作为意志和表象的世界》,第一篇

---

[1] 博尔赫斯的这段引文与叔本华原著稍有出入。可参考中译本《作为意志和表象的世界》第三百八十一页。

第五十四节）第二：如同《传道书》一样，否认所有新事物。他认为所有人的经历（在某种程度上）是雷同的假设，让人乍看起来像是世界已完全贫乏了。

如果埃德加·爱伦·坡的命运、海盗们的命运、犹大的命运和我的读者的命运私下里都是同一命运——唯一可能的命运——，那么宇宙史就是一个人的历史了。严格地说，马可·奥勒留并没有把这个简单化的谜团强加于我们。（前不久，我还按照布洛瓦的方式胡编了一个故事：一位神学家用了毕生精力批驳一位异教创始人。神学家用复杂的辩论战胜了那位异教创始人，并指控他，使他遭受了火刑。在天堂，神学家发现在上帝面前，异教创始人和他自己却组成了一个人。）马可·奥勒留肯定了很多个别命运之间的相近，而不是相同。他说任何一个阶段——一个世纪、一年、一个夜晚，大概还有难以抓住的现在——都包含整个历史。他那种极端方式的假设很容易被驳倒：一种口味有别于另一种口味，十分钟的肉体痛苦不等于十分钟的正骨。这种假设采用了长期分段的做法，采用了《诗篇》为我们判定七十岁年龄，它是可信的或者可容忍的。它仅限于断言人类观点、情感、思想、人类变迁的数量是有限的,而且在死亡之前,我们可以穷尽它。马可·奥勒留又重复说:"看到了现实的人就看到了所有事情;难以探测的过去发生的事情和未来将发生的事情。"(《沉思录》,第六卷第三十七节)

在高潮时期,人类生存是个不变常数的假设可以令人伤心或愤怒;在衰退时期(就像现在),这个假设则是任何耻辱、任何灾难、任何暴君都不能使我们贫穷的诺言。

《一千零一夜》的译者

一、伯顿[1]上尉

的里雅斯特,一八七二年,在一座带有潮湿的雕像、不宜居住的宫殿里,一位以其脸上刻有非洲伤疤而名垂史册的绅士——理查德·弗朗西斯·伯顿上尉,英国领事——开始了卢米人称之为《一千零一夜》的书的著名翻译工作。其秘密目的之一就是要消灭另外一位绅士(也留着摩尔人的黑胡须,皮肤也是黑乎乎的),他正在美国编纂一部浩繁的辞典,而且早在被伯顿消灭之前就死了。他就是爱德华·莱恩,东方学者,一个非常认真的《一千零一夜》版本的译者,它曾代替了加朗的另一个版本。莱恩翻译是同加朗作对,伯顿又同莱恩作对。要理解伯顿,就得先理解这个敌对王朝。

我先从创始人谈起。大家都知道,让·安托万·加朗是法国的阿拉伯文化学者,他从伊斯坦布尔带来一套耐心收集的钱币、一部关于推广咖啡的专著、一套阿拉伯文的《一千零一夜》和一个其记忆力不比山鲁佐德差的马龙派教会替补教徒。关于这个黑顾问——他的名字我不想忘记,据说叫哈南——我们有几个主要的故事,而最原始的故事你并不知道:阿拉丁的故事、四十大盗的故事、艾哈迈德亲王和佩里·巴努仙女的故事、又睡又醒的阿布-哈桑的故事、哈伦·赖世德夜间微服出访的故事、两个姐姐嫉妒妹妹的故事。仅仅这些名字的排列就足以表明加朗建立了一个基准,加入了一些时间上不可缺少的故事,而且未来的译者们——他的对手们——不敢删掉。

还有另外一个不可否认的事实。对《一千零一夜》最著名和最优美的赞扬——柯勒律治的、托马斯·德·昆西的、

---

1 Richard Francis Burton(1821—1890),英国探险家,一八四二年被牛津大学开除,后游历世界,通晓数十种语言,担任过驻赤道几内亚的费尔南多波、巴西的桑托斯、叙利亚的大马士革等地的领事。

司汤达的、丁尼生的、埃德加·爱伦·坡的、纽曼[1]的——都是加朗译本读者的赞扬。两百年和十个优秀译本都已经过去了，但是欧洲和美洲想《一千零一夜》的人们还是一成不变地想它的第一个译本。"一千零一夜派"的绰号（"一千零一夜者"患的是本位主义的病，"一千零一夜迷"患的是分裂症）同伯顿或马德鲁斯的文化猥亵毫无联系，只同安托万·加朗的珠宝和魔术有关。

论句子说，加朗的版本是所有版本里最差、最荒谬、最愚蠢的一种，不过却是阅读量最大的一种。谁与它比较接近，谁就了解它这种幸运和意外。加朗那现在看来很浅薄的东方学曾经使众多吸鼻烟的人目瞪口呆，并且使他们造成了一场五幕悲剧。十二本精制的卷帙在一九〇七年至一九一七年之间出现，十二卷书被无数人阅读，并被翻译成好几种语言，其中包括印度斯坦语和阿拉伯语。我们这些二十世纪不合时宜的单纯读者在书里闻到了十八世纪的甜蜜味道，而不是早在两百年前就为东方确定了其革新和光荣的矜持芳香。

---

[1] 指英国学者弗朗西斯·纽曼（Francis Newman, 1805—1891），曾就《荷马史诗》译文和马修·阿诺德有过争论。

对于这种脱节，任何人都没有责任，特别是加朗更没有责任。有时候，语言的变化坑了他。在《一千零一夜》德文译本的前言里，魏尔博士说，加朗那些不能饶恕的商人们，每当故事强迫他们穿越沙漠时，他们都会带上一个"装海枣的手提箱"。可以查考的是，在一七一〇年，提到海枣就足以抹去手提箱的形象，而且也无必要提到，valise 那个时候是指一种褡裢。

还有另外一些攻击。在一九二一年《文集》中某些匆忙的赞扬里，安德烈·纪德责怪安托万·加朗那些不规范的地方，以便更好地抹去（以他远远高于其名声的清白）马德鲁斯的字面含义，抹得如"世界末日"，仿佛世界末日就在十八世纪一般，而且更不忠实原文了。

加朗的保留是世俗性的，唤起这种保留的是尊严而不是伦理。我把他的《一千零一夜》第三页的几行字抄录在此：他直接来到公主的房间，公主没有料到他会来找她。在此之前，她刚刚在床上接见了最后一批军官中的一位。伯顿把这位模糊不清的"军官"又具体了一下：一位被厨房的油脂和油烟熏得发霉的黑厨师。两个人都不同程度地歪曲了原意。

原意并不像加朗说的那么庄重,也不像伯顿说的那么浑身是油。(尊严的结果:在那曾有分寸的散文里,"在床上接见了"就显得粗鲁了。)

在安托万·加朗去世九十年后,《一千零一夜》的另一位译者诞生了:爱德华·莱恩。他的传记作者们不断重复说他是西奥菲勒斯·莱恩博士的儿子,赫里福德的受俸教士。这个生殖资料(以及引用它的可怕方式)也许已经足够了。已经阿拉伯化的莱恩在开罗研究了五年,"几乎仅仅生活在穆斯林中,又讲又听他们的语言,最小心地适应他们的习惯,被所有人认为是同他们一样的人"。但是,无论是埃及的深夜、美味浓黑带小豆蔻的咖啡、同法学博士的频频争论,还是庄重的穆斯林纱缠头布、用手指吃饭,都不能让他忘掉英国的羞怯、世界主人们微妙的孤独。这样他那个学问极渊博的《一千零一夜》译本就成了(或像是成了)一部完备的遁词百科全书。原文并不是一贯猥亵,加朗觉得有些地方不好,就改掉了。莱恩则进一步寻找那些不好的地方,就像个审查官似的。他的正直并没有同沉默协调一致,他宁愿在一块很小的地方写上一大堆吓人的注释,说些诸如这样的东西:"我不理睬一段最应该受到谴责的东西。我去掉一段令人恶心的解释。这里有行字译出来很粗鲁。我又必要地去掉了另外一段轶事。从这儿开始我要把它删去。这个奴隶布哈依的故事不适合翻译出来。"断章也不排除死亡，有的故事就被整个去掉了，"因为它们无法净化，只能舍弃"。我并不觉得这种负责任的完全清除没有道理。清教徒式的托辞才是我谴责的东西。莱恩是个纯洁无瑕的托辞，是好莱坞最令人惊异的有廉耻的无可置疑的先驱。我的笔记为我提供了几个例子。在第三百九十一夜，一个渔民向王之王呈送了一条鱼。国王想知道鱼是公的还是母的，别人告诉他说是两性的。莱恩得以掩饰了这个不太得体的对话，把它译成国王问鱼是什么种类的，狡猾的渔夫回答说是混合种类的。在第二百一十七夜，说一个国王和两个女人的故事，国王第一天晚上同第一个女人睡觉，第二天晚上同第二个女人睡觉，这样三人都高兴。莱恩在解释这位君主的韵事时，说他"不偏不倚"地对待两个女人……其理由之一就是让那些摆在"床头柜"和阅览室里的著作对话庄重，没有吓人的内容。

　　为了最婉转和轻描淡写地谈及肉欲，莱恩几乎忘掉他的尊严，不停地兜圈和掩饰。他没有什么目的，这是个优点。并不是要像伯顿那样突出《一千零一夜》的野蛮色彩，也不是像加朗那样加以忘记或淡化。这也训练了加朗的阿拉伯语，以免在巴黎跑调。加朗是个虔诚的穆斯林。加朗无视字意的准确性，莱恩则对每句有疑问的话都做出解释。加朗用的是隐形手稿和马龙教派的死教徒，莱恩提供了版本和页数。加朗不注意注释，莱恩则把乱糟糟的注释集中起来，编成了单独的一卷。区别在于：这就是先人给他制定的规则，莱恩执行了这个规则：他只要不简化原文就够了。

纽曼和阿诺德的精彩争论（一八六一年至一八六二年），比这两个发言人本身更值得回忆，它广泛地论证了两种翻译的普遍方法。纽曼在争论中解释了直译的方法，它将语言的特别之处予以保留。阿诺德则主张将所有偏离和妨碍译文的小地方予以严厉的清除。这种做法可以提供一种一致和严肃的快感，而那种做法则提供了连贯和小小惊奇的感觉。这两种方法都不如译者和他的文法习惯重要。翻译其精神是个如此伟大深奥的意图，完全可以把它当做不可动摇的目标；翻译其文字，这是种古怪的确切，则不怕经受检验。比这些游离不定的目标更严重的是保留或取消某些细微小节，而比这些偏向和遗忘更为严重的就是句法的调动。莱恩的句法调动很风趣，按照他那尊贵的习惯行事。在他的词汇表里普遍滥用拉丁语词汇，没有任何能够精炼的办法可以补救。而且他还心不在焉：他翻译开篇就在十二世纪大胡子穆斯林嘴里使用了"罗曼蒂克"的形容词，这本来是未来派的东西。有时候，缺少情感色彩对他倒合适了，他可以在一段庄重的段落里插入非常平淡的声音，取得了无意识的好效果。这种不同语风搭配的最好例子大概就是我抄在这儿的这句话了：在这个官殿里就有从灰尘里收集到的有关贵族的最新情报。另外一个例子：以那个没有死也不该死的生者的名义，以那光荣和持久都应该归属于他的那个人的名义。至于伯顿——总是神奇的马德鲁斯的偶然先驱——我对他提出的如此令人满意的东方模式表示怀疑；而莱恩那儿又如此缺少东方模式，我倒觉得这是比较真实的。

　　加朗和莱恩译本丢人现眼的庄重受到了一种嘲笑，就是传统的不断重复。我自己也遵从了这个传统。众所周知，他们对不起那个看到了力量之夜的胆小鬼，对不起十三世纪那个遭到托钵僧诈骗的捡破烂的人的诅咒,也对不起所多玛[1]的风俗。大家都很清楚他们净化了那些夜晚。

诽谤者说,这个过程破坏或损害了原作的良好纯真性。他们犯了个错误:《一千零一夜》不是纯真的(道德上),它是迎合开罗中产阶级鄙俗或粗野的口味,根据一些古老的故事改编而成的。除了森德巴尔的惩戒故事外,《一千零一夜》的羞耻观同天国里的自由毫无关系。那是出版者的杜撰,其目的是一笑了之,那些英雄都不外是挑夫、乞丐或太监。目录里那些古老的爱情故事,那些涉及沙漠或阿拉伯城市里情况的故事都不是淫秽的,就像伊斯兰纪元前文学的所有故事都不是淫秽的一样。它们热情而又悲伤,其原因之一就是它们偏爱爱情之死,那种先哲认为其死的神圣程度不亚于为证明信仰而死的殉教者的死亡。如果我们承认这种论断,那么加朗和莱恩的胆怯就可以让我们认为是原始文章的重复。

我还知道另外一个更好的理由。回避原作的艳情描写,如果主要目的是突出神奇环境,那还不是那种上帝不可饶恕

---

[1] 《圣经》中的城市,因居民罪孽深重,遭上帝焚毁。

的罪孽。向人们推荐一个新的《十日谈》是众多商业炒作中的一种。如果推荐《古舟子咏》或《醉舟》,那就是另外一回事了。利特曼认为《一千零一夜》首先是个神奇的故事集。把这种认识加到所有西方人的头脑里就是加朗的杰作。最好对此没有疑问。不如我们幸福的阿拉伯人瞧不起原作:他们已经了解了故事里向我们介绍的人、习惯、护身符、沙漠和魔鬼。

拉斐尔·坎西诺斯·阿森斯在他著作的某个地方发誓说,他能用十四种古代和现代的语言向星星问候。伯顿梦想会十七种语言,又说他已经掌握了三十五种:闪米特语、达罗毗荼语、印欧语系的语言、埃塞俄比亚语……说了一大堆也没说完:这是他同其他方面一样的一个特点,同样过剩。没有谁能够少接触到休迪布拉斯[1]对那些绝对不能用几种语言说点儿什么的教授们的不断嘲笑。伯顿是个说得特别多的人,他那七十二卷著作还在接着说。我随便列出几个题目:《铸铁

---

[1] 英国讽刺诗人塞缪尔·巴特勒(Samuel Butler,1613—1680)名作《休迪布拉斯》中的人物。

块和蓝色的山》,一八五一年;《刺刀练习体系》,一八五三年;《一个麦地那和麦加朝圣者的故事》,一八五五年;《赤道非洲的湖区》,一八六〇年;《圣贤的城市》,一八六一年;《开发巴西山脉》,一八六九年;《关于佛得角岛上的两性人》,一八六九年;《来自巴拉圭战场的信》,一八七〇年;《天涯海角或冰岛的一个夏天》,一八七五年;《以金换金》,一八八三年;《剑书》(第一卷),一八八四年;《纳夫索依芳香的花园》,一八八四年——这是遗作,被伯顿夫人付之一炬;还有一部《由普里阿普斯启示而来的讽刺诗文汇编》。在下面的记述里可以看到作者的影子:有个英国上尉热衷于地理和人们所知的关于如何成为人物的无数方法。我不会贬低他的记忆力,即使把他同莫朗相比,那是位双语先生,总是乘坐同一家国际饭店的电梯没完没了地上上下下,而且他尊崇用箱子表演的节目。……伯顿打扮成阿富汗穆斯林,已经游历了阿拉伯诸圣城。他的声音已经请求上帝把他的骨头和皮、痛苦的肉和血液抛向愤怒之火和正义之火。他那已经被萨姆松[1]风

---

[1] 土耳其城市,濒临黑海。原文作"Samun",疑误。

吹干的嘴已经在供奉在天房[1]的黑石上留下了一个吻。他的那次经历滑稽可笑：一个未受割礼的人光凭亵渎圣殿的传闻就可以要他的命。在此之前，他曾穿着托钵僧的装束在开罗行医——有时用戏法和魔术变换一下医术，以取得病人的信任。大约一八五八年，他派一队人去了尼罗河的秘密源头，结果发现了坦噶尼喀湖。在那次行动中，他发了高烧。一八五五年，索马里人用长矛刺透了他的车。（伯顿到达哈勒尔，那是阿比西尼亚[2]内地一个不向欧洲人开放的城市。）九年之后，他受到了达荷美[3]食人礼仪的可怕款待。他回来后传闻四起（也许是他自己散布并大加渲染的），说他"吃了奇怪的肉"，就像莎士比亚的杂食总督一样。[4]犹太人、民主、外交部长和

---

1 Caaba，伊斯兰教圣地麦加城大清真寺广场中央著名方形石殿，供奉神圣的黑石，又音译为"克尔白"。
2 埃塞俄比亚的旧称。
3 贝宁的旧称。
4 我是指受到恺撒呼唤的马可·安东尼：
　　……在山上
　　据说，你吃生肉，
　　还有的用目光盯死人……
　　在这两行字里，我似乎隐约看到了蛇怪（一种目光可以致人死亡的蛇）神话的倒置反映。普林尼（《自然史》，第八卷第三十三节）没有向我们提及任何有关这种动物死后功能的情况，不过看与死两种概念的结合大概（转下页）

基督教是他选择的仇恨对象，拜伦、伊斯兰教是他的崇拜对象。用他那孤独的写作职业，他已做出了一点有价值的多样化事情。他从黎明就开始在一个放着十二张桌子的大厅里写，每个桌子上都放着写一本书的资料，有的桌子上还有泡在水杯里的茉莉花。他创作出高贵的友谊和爱情。关于高贵的友谊，我只提一下同斯温伯恩的友谊就足够了，斯温伯恩将《诗歌与民谣》第二集献给了他——以此作为我把它视之为我一生中最高荣誉之一的友谊的见证——而且在很多诗里对他的逝世表示哀痛。伯顿称得上是语言和壮举的男人，完全可以担当得起阿尔莫塔纳比的《长沙发》对他的赞扬：

骏马、沙漠、夜晚已认识了我，
客人与剑，纸与笔。

（接上页）对莎士比亚产生了影响。

蛇怪的目光是有毒的，而神却仅仅靠发光或放射神力就可以杀死人。上帝的直接目光是难以忍受的。莫伊塞斯在阿烈山里蒙住脸，因为他害怕看到上帝。乔拉桑的先知哈基姆用了四层白丝绸的帷幔才不至于弄瞎人们的眼睛。也参见《以赛亚书》第六章第五节，和《列王纪上》第十九章第十三节。
——原注

人们可以发现,从业余的食人生番到通晓多种语言的高卧者,我从来没有否认理查德·伯顿的特点,我们可以热情不减地称之为传奇式的,道理很清楚:伯顿传奇中的伯顿是《一千零一夜》的译者。我有一次曾怀疑过诗歌与散文的根本区别在于读者是如何期望它的:诗歌具有一种散文里不允许的紧张。这与伯顿著作的情况有些类似,即具有任何一个阿拉伯文化学者都不能比拟的先期威望。他喜欢被禁止的东西的吸引力。只出一版,而且只印一千本,仅限于给在"伯顿俱乐部"注册的一千个人,并且在法律上承诺不予再版。(伦纳德·C.史密瑟斯著作再版时"省略了某些情调沮丧的特定章节,而对这种删节任何人都不感到可惜"。贝内特·瑟夫[1]出版的代表作选集——貌似完整——就是出自于那个洁本。)我冒险夸张:沿着理查德爵士[2]的翻译浏览一下《一千零一夜》,并不会让人不相信是在浏览马里诺"直接从阿拉伯文翻译过来并加以评论"的辛伯达。

---

1 Bennett Cerf (1898—1971),美国出版家,兰登书屋创始人。
2 伯顿于一八八六年受封为爵士。

伯顿解决的问题无以计数，不过一个适当的杜撰可以把问题归结为三个：印证和传播阿拉伯文化学者的名声；明显区别于莱恩；让十九世纪的英国绅士对穆斯林故事的文本和十三世纪的口头文学产生兴趣。三个目的中的第一种大概与第三种互不相容，第二种导致了一个严重缺点，我马上就要谈到。《一千零一夜》里有数百首双行诗和歌曲；莱恩（除非涉及肉欲的东西，否则他不会撒谎）已经把它们准确地翻译过来，变成了一种瑰丽的散文。伯顿曾经是诗人：一八八〇年他曾出版过《情诗》，一部进化论的叙事诗，伯顿夫人一直认为它远远超过了菲茨杰拉德译的《鲁拜集》……对手的散文解决办法令他气愤，他选择了翻译成英文诗的做法——这注定不成功，因为这违背了他自己的完全语义原则，特别是听起来也当然刺耳。说这首四行诗是他堆砌的最好的一首，这倒不是不可能的：

　　一个星星拒绝按照其轨道转动的夜晚，
　　一个谁也不显疲倦的夜晚。
　　漫漫长夜，仿佛复活节的白天，

一直到他期盼和等待的黎明。[1]

最差的很有可能不是这一首:

太阳照耀着沙滩上的嫩枝,
它穿上了深红色的衣衫。
它嘴唇上的甘汁给我以饮料,
绯红的脸颊仿佛在燃烧。

我已经谈到过故事的原始听众与伯顿俱乐部注册者之间的根本区别。前者是无赖、碎嘴者、文盲,对现实总是无限怀疑,轻信遥远的美好;后者是西方世界的绅士们,善于蔑视和博览群书,而不善一惊一乍或者放声大笑。前者说鲸鱼听到人的喊声就会死;后者是让人相信有人就具有那种致命的喊声。著作里的奇事——这在科尔多凡和布拉克那里肯定

---

[1] 阿布贝卡·德龙达和豪尔赫·曼里克动机的变化是值得记忆的:
那些曾居住在印度和信德的勇士
今在何处?那可是暴君施虐的地方。——原注

很多,而且让人们把它当做真事看待——非常可怜地在英国顺利流行。(任何人都不需要真实可信或者立即就能显效的真事,很少有《卡尔·马克思的生活和通信》的读者愤怒地要求图莱对韵的对称性或者离合诗人的严肃准确性。)为了使那些注册者不离他而去,伯顿使用了大量"有关伊斯兰人习惯"的注释。可以肯定的是莱恩已经涉猎了这个领域。服饰、日常习惯、宗教实践、建筑、历史资料和《古兰经》的资料、游戏、艺术、神话——这些都已在令人不舒服的先行者的三卷著作里显露出来。可以猜想到,里面缺少了艳情。伯顿(其首个随笔就是一份有关本卡拉妓院的臃肿报告)出版这类东西就显得有些冒失。关于他那慢腾腾的乐趣,第七卷目录里滑稽地题为《忧伤的披风》的注释就是个很好的例子。《爱丁堡评论》指责他是为下水道写的,《大英百科全书》决定不可将其全部翻译出来,而且认为爱德华·莱恩的译本在确定严肃使用性方面"仍然是无法超越的"。我们不必为删节的科学性和文献崇高性的黑色理论而生气,伯顿就追求这种疯狂。此外,很少变化的身体之爱变化并不会穷尽评论的注意力。评论是百科全书式的、堆砌式的,它的兴趣在于需要的倒错理性。第六卷（就摆在我眼前）里有三百多个注释，可以强调的有以下几个：对监狱的谴责和为肉体惩罚和罚款进行的辩护，几个关于伊斯兰人崇敬面包的例子，关于拜尔基思女王腿上毛细现象的传说，关于死亡四种标志色彩的说明，关于东方不仁义的理论与实践，关于羊毛被天使喜欢和黄铜丝被智人喜欢的报告，关于秘密权力之夜和夜之夜的综述，对安德鲁·朗格浅薄的批判，对民主制度的抨击，对大地、火和公园里穆罕默德名字的审查，对寿命长个子也长的阿马勒人的提及，关于穆斯林遮羞部位的消息，这包括男人从肚脐到膝盖和女人从头到脚的部分，对阿根廷高乔人烤肉的评价，人也是坐骑的时候讨厌马术的告示，有关以狒狒和女人改良猴子并由此产生出优秀无产者分支种族的宏大计划。在五十岁的时候，人已经积存了柔情、讥讽、猥亵和无数的轶事，伯顿则在他的注释里把它们都倾泻出来。

还有个基本问题。如何以十三世纪的小说让十九世纪的绅士们感到开心呢？《一千零一夜》文风之贫乏已被人熟知，伯顿有一次以"干巴巴、商业气"的腔调谈论阿拉伯的散文家，与他滔滔不绝地介绍波斯散文家形成了鲜明对比。翻译老手利特曼自责在五千页书籍里对于"问"、"要求"、"回答"等词全部采用了"说"——一成不变。伯顿在这方面热情地采用了大量替代词。他词汇的纷杂程度不亚于他的注释。古语与隐语并存,监狱或海上的黑话与技术词汇混在一起。他并不为英语的光荣杂交而感到羞愧。无论是莫里斯的斯堪的纳维亚词汇还是约翰逊的拉丁文,在此都行不通,只有两者接触和反响才行。新词语和外来语层出不穷:castrato(被阉的歌手[1])、inconséquence(轻率的做法)、hauteur(神气活现的样子)、in gloria(以主的荣耀)、bagnio(窑子)、langue fourrée(语缀)、pundonor(自尊的)、vendetta(家族血仇)、Wazir(维齐尔[2])。每个词都是正确的,不过把它们塞进来就不协调了。这是极大的不协调,这种口语化——有时还是句法上的——调侃偏离了《夜》有时候乱哄哄的流畅。伯顿如此处理:翻译伊始,他强调了苏莱曼,大卫的儿子(他两次不做声)。后来,当我们已经熟悉陛下时,伯顿又把他降格为所罗门·戴维森。他把其他译文中"波斯撒马尔

---

[1] 指十七、十八世纪意大利为了保持女音而动此手术的男童。
[2] 指奥斯曼土耳其的高级官员。

罕国王"的国王变成了"野蛮陆地上的撒马尔罕国王";把其他译者认为是"生气的"买主变成了"愤怒之人"。这还没完:伯顿把故事的开头结尾重新改写了一遍,加上许多细节描写和生理特征。他大约在一八八五年开始了一次行动,行动是否成功(或是否导致荒谬),我们随后在马德鲁斯那儿再说。英国人总是比法国人更不受时间限制,伯顿的不统一风格比马德鲁斯的时间要短些,日期比较清楚。

二、马德鲁斯博士

马德鲁斯的命运不可思议。人们说他是《一千零一夜》最有道德的忠实译者,可《一千零一夜》又是一本淫秽程度很厉害的书,以前由于加朗的良好教养或莱恩装模作样的纯洁而不与读者见面。他因那个无以复加的副标题《阿拉伯文版直译全本》的极突出的聪明字眼和写作《一千夜零一夜的故事》的冲动而备受尊崇。《一千零一夜的故事》名字的故事很有教益,我们在审视马德鲁斯之前可以回忆一下这个故事。

麦斯欧迪[1]的《黄金草原和珠玑宝藏》描述了一系列 Hezár Afsane，这是波斯语，直译是"千件奇事"，不过人们称之为"千夜"。另一个十世纪的文献《索引书》[2]记述了这个系列故事的前一部分：有个国王毫无人性地发誓每天晚上同一个处女成婚，第二天黎明又把她斩首；山鲁佐德决定以精彩的故事转移国王的注意力，后来一千个夜晚过去了，她让他看了儿子。他的这个虚构比后来类似乔叟仁慈的坐骑和薄伽丘的流行病之类的杜撰都要强得多，据说仅次于题目，而且如此策划就是为题目进行辩解……人无论怎样，原来的一千立刻就涨到了一千零一。那个现已成为正式夜晚的后补夜晚，那个让克韦多——后来是伏尔泰——为之愤怒地反对皮科·德拉·米兰多拉的"模式"《所有事物和其他更多事物的书》是如何出现的呢？利特曼提出了一个污染土耳其语 bin bir 的办法，那个词的原意是"一千零一"，而它的使用方法就"太多了"。莱恩在一八四〇年初提出了一个很漂亮的理由：对双数的敬畏。的确题目的意义还不仅此而已。安托万·加朗从一七〇四年开

---

[1] Masudi（？—956），阿拉伯历史学家。
[2] 阿拉伯历史学家伊本·纳迪姆（？—1047）的著作。

始就把原文的重复部分都去掉了，翻译出《一千零一夜》，现在这个名称在欧洲各国，除英国外，已被人熟知。英国仍采用《阿拉伯之夜》。一八三九年，加尔各答的出版商 W. H. 麦克诺顿极其认真地将 *Quitab alif laile ua laila* 译成了《一千零一夜的故事》。他的这个变化引起了注意。约翰·佩恩从一八八二年开始出版他的《一千零一夜之书》；伯顿上尉从一八八五年开始他的《一千零一夜之书》；马德鲁斯则从一八九九年开始出版他的《一千零一夜之书》。

我在寻找让我永远怀疑马德鲁斯版本的段落。那是拉东城的教义故事，在所有版本里都有第五百五十六夜结尾和第五百七十八夜的一部分，然而马德鲁斯博士却把它们送到了（他的保护天使会知道原因）三百三十八至三百四十六夜。我并不坚持认为，这个对虚构日期不可思议的更改能让我们心有余悸。山鲁佐德—马德鲁斯叙述的是："水沿着大厅地面上的四条带有精细分支的水槽流淌，每条水槽的槽底都别具颜色：第一条水槽的槽底是玫瑰斑岩色的，第二条是黄玉色的，第三条是祖母绿色的，第四条是绿松石色的，水由此被槽底染上了不同的颜色，又被从上方丝绸渗透过来的光照耀着，给四周的物体和大理石墙投上了海景般的温柔。"

如果作为《道林·格雷的肖像》式视觉散文随笔，我同意（甚至崇拜）这种描述；作为十二世纪撰写的"直译全译本"段落，我重复一遍，它永远地吓着我了。道理是多重的。一个没有马德鲁斯的山鲁佐德会按照各部分的顺序而不是按照相互的反应来叙述，他不会采用诸如"清澈可见槽底颜色的水"之类的情景细致描述，不会去确定从丝绸透过来的光的质量，也不会在描写结尾处提及水彩画家的沙龙。另外一个小漏洞："精细分支"不是阿拉伯语，很明显是法语。我不知道前面的理由是否让人满意，对我这些是不够的。我以一种恬静的热情将魏尔、亨宁和利特曼的三个德文版本以及莱恩和理查德·伯顿爵士的两个英文版本加以比较，其中我发现马德鲁斯的十行译文的原文是这样的：四条小河流入一个水池，水池是多色大理石的。

马德鲁斯的插入语并不是一致的。有的时候还是厚颜无耻地不合时宜——就好像突然要讨论撤回马尔昌使命似的。例如："他们占领了一座梦幻城市……极目远眺沉浸在夜色中的地平线，穹隆顶的宫殿、房屋的平台、寂静的花园，错落分布在那青铜色的地域里。被星星照亮的水槽在建筑掩映下的无数明亮的徘徊中徜徉,而在那边,金属色的海洋把天上反映下来的火包含在自己冰冷的怀中。"这段里的法语味也很明显:"一块颜色辉煌的精细毛壁毯绽开了没有浆液草原上的无味之花,因确切的自然美景和准确的线条而惊喜不已的鸟和兽类密布的风光之地上,所有非自然生命都具有生机。"(阿拉伯文版本写道:"四面八方都有壁毯,壁毯上有披红金挂白银的各类鸟和野兽,而且它们的眼睛都是珍珠和红宝石的。谁看了都会赞叹不已。")

马德鲁斯不能不为《一千零一夜》东方色彩之单调而感到惊奇。他以并非只有塞西尔·德米尔才有的那种固执增加了大量的大臣、接吻、棕榈和月亮。他看到的第五百七十夜是:"他们来到一个黑石柱前,有个人被齐肩膀埋在那里,他有两只翅膀,四只手臂,其中两只手臂就像阿丹的儿子的手臂一样,另外两只像狮子的爪子,上面还有铁指甲。他的头发类似马尾巴,眼睛如炭火,而且脑门上还有第三只像猞猁眼睛一样的眼睛。"他却添油加醋地翻译道:"一天傍晚,一行人来到一根黑石柱前,柱子上绑着一个只露出半截身子的奇怪的人,那一半还埋在地里。那个从地上露出来的半截身子就像是个被地狱的力量钉在那里的魔胎。他黑黑的,个子就像一棵被剥去棕榈的老朽棕榈树干。他有两只黑色的翅膀和四只如同狮子带指甲的爪子一样的手。像野驴尾巴硬鬃一样直立的头发在他可怕的头上野蛮地摆动着。两条弓形轨下,红色的瞳孔在燃烧,那带两角的额头上还有一只眼睛,不眨眼也不转动,喷射着虎豹目光里的那种绿光。"

接着他又写道:"城墙的青铜色、屋顶上燃烧的石头、洁白的平台、水槽、整个大海以及伸向西方的影子,在夜晚的柔风和神奇的月亮之下交织在一起。"神奇,对于一个十三世纪的人来说,应该说是个很贴切的描述,而不是殷勤的博士的单纯俗称……我怀疑阿拉伯语能有马德鲁斯这样"直译全译"的段落,而且拉丁文或者塞万提斯的西班牙文也不行。

《一千零一夜》有两方面内容较多:一种是完全正式的抒情散文,另外一种是道德说教。第一种表现在伯顿和利特曼那里,体现了叙述者的激情:幸运的人、宫殿、花园、神奇的行动、对神的议论、日落、战斗、曙光、故事的开头与结尾。马德鲁斯大概是出于怜悯，把它省略掉了。道德说教需要有两种作用：一是将抽象的话庄严地结合在一起，另外就是面无愧色地提出一个一般原则。这两种马德鲁斯都不具备。从莱恩的翻译令人难忘的那句"在这个宫殿里就有从灰尘里收集到的有关贵族的最新情报"里，我们的博士几乎什么也没得到："过去了，都过去了。几乎连在我这高墙的阴影下停留一刻的时间都没有。"天使的坦言"我被权力囚禁着，被光辉隔离着，如果上帝吩咐，我还要受到惩罚，力量和光荣都属于上帝"，是写给马德鲁斯的读者的，"我被无形的力量捆绑，直到世纪的消亡"。

巫术没有在马德鲁斯那里布置一个善意的助手。他没有能力不无微笑地谈起超自然性。他装模作样地翻译起来，例如："有一天，哈里发阿卜杜拉·马利克听人谈起几个旧铜罐子，里面装着一种魔鬼形的奇怪烟雾。他非常惊奇，对如此非同寻常的情况表示怀疑，于是游客塔利布·本·萨尔只得过问了。"在这段里，同我引用的其他句子一样，是拉东城的故事，即在马德鲁斯笔下呈威严的青铜色的城。如此非同寻常的心甘情愿的天真与哈里发阿卜杜拉·马利克难以相信的疑问是译者个人的两件礼物。

马德鲁斯不断地想把那些有气无力的阿拉伯无名氏遗漏的部分补齐。他补充了"新艺术"风景、漂亮的下流话、简短的喜剧插曲、景物刻画、对称、浓厚的东方视觉文化。其中一个例子：在第五百七十三夜，穆萨·本努赛命令他的铁匠和木匠们造一座非常结实的铁和木头梯子，马德鲁斯（在他的第三百四十四夜）对这个平淡的故事进行了改革，补充说营地里的人找来了干树枝，用长刀和短刀把它们削了皮，又用缠头带、腰带、骆驼绳、马肚带和皮具把它们捆起来，直到修建了一座很高的能够着墙的梯子，又用石头从四周加以固定……总体可以说，马德鲁斯并不是翻译，而是在介绍书。这是一种译者不允许有、而对于绘画者可以容忍的自由。我不知道是否就是这些微笑的随意向这部作品输送了流畅，输送了个人胡言，而免去了翻字典的辛劳。它只能向我证明，马德鲁斯的"翻译"是所有版本里最值得一读的——仅次于那无与伦比的伯顿，不过他的翻译也不忠实于原文。（在这里，伪造是另一种性质的。它的表现在于大量使用花哨的英语，还夹杂着古语和外来语。）

我为（不是为马德鲁斯而是为我自己）在前面那些段落的考证里读到了某种警察办案式的做法[1]而惋惜。马德鲁斯是唯一文人们引以为荣的阿拉伯文化学者。在这种肆无忌惮的成绩面前，连那些文人自己都知道他是谁了。安德烈·纪德是第一批赞扬他的人之一，那是在一八九九年八月；我不会想到坎塞拉和卡德维拉将会是最后赞扬他的人。我的目的并不是想破坏这种崇敬，而只是想把它记录下来。庆祝马德鲁斯的忠实就是忽视马德鲁斯的灵魂。甚至就是根本未提及马德鲁斯。他的不忠实，他的具有创作性和流利的不忠实则是应该引起我们注意的。

三、恩诺·利特曼

《一千零一夜》一个著名阿拉伯文版的祖国德国可以（枉）为四个版本自豪："图书管理员式的，尽管也是古以色列人式"的古斯塔夫·魏尔的版本——其相应版本记录在

---

[1] 原文为 Propósito policial，此处采用意译。

某些百科全书的有关加泰罗尼亚人条目里,《古兰经》的译者马克斯·亨宁的版本,文人费利克斯·保罗·格雷夫的版本,阿克苏姆城堡埃塞俄比亚铭文的破译者恩诺·利特曼的版本。第一种版本(一八三九年至一八四二年)的四卷书是最可爱的;因为它的作者——由于痢疾而被从非洲和亚洲挖掘出来——注意保持或替代其东方风格。他的插入语值得我完全的敬佩。他让几个闯入聚会的人说:"我们不想象早晨,因为早晨驱散节日。"至于那个慷慨的国王,他保证说:"他为客人点燃的火让人想起地狱,而他仁慈的手上的水珠则像洪水。"他还向我们谈起另外一个人的手"就像大海一样开放"。这些漂亮的描述伯顿或马德鲁斯是可以写出来的,而译者又把它断断续续地使用到诗歌里——在诗歌里,美丽的激情可以成为原抒情诗的替代或代用品。至于散文,我觉得他们是照译,再加上一些有道理的删改,保持在虚伪与羞耻之间的程度。伯顿对他的翻译加以赞扬——完全忠实于原文,可以称是百姓化的翻译。"魏尔博士尽管是图书管理员式的人",也不枉为犹太人,我觉得在他的文风里有某种《圣经》的味道。

第二种版本（一八九五年至一八九七年）缺少准确性方面以及风格方面的魅力。我谈的是莱比锡的阿拉伯文化学者亨宁向菲利普·雷克拉姆的"大学图书馆丛书"提供的版本。这是个删节本，而出版社却说不是删节本。其风格平淡固执，其最无可争议的特点就是引申。布拉克和布列斯拉夫的版本已经介绍过了，除了佐滕伯格的手稿和伯顿的《夜之补遗》。作为理查德爵士的翻译的亨宁在语义表现上要比作为阿拉伯语翻译的亨宁强得多，它完全可以证明理查德爵士在阿拉伯语方面占的优势。在著作的序言和结尾处充满了伯顿的赞扬——几乎连那份说他已经掌握了"乔叟的风格，相当于中世纪的阿拉伯文"的报告都不认可的赞扬。如果把乔叟指定为伯顿的词汇库之一倒是更合理。（另外一个词汇库就是托马斯·厄克特[1]爵士的《拉伯雷》。）

第三个是格雷夫的版本，源于伯顿的英文本，并且是把它予以重复，只去掉了那些百科全书式的注释。它于一战前在因泽尔出版社出版。

---

1 Thomas Urquhart（约 1611—1660），英国作家，此处《拉伯雷》指译作《弗朗索瓦·拉伯雷先生的作品》。

第四个版本（一九二三年至一九二八年）一直在取代上一个版本。它同前一个版本一样，有六卷，而且阿克苏姆铭文的破译者、耶路撒冷二百八十三部手稿的清点者、《东方学杂志》的撰稿人——恩诺·利特曼在上面签了名。如果没有那些愉快的拖延，伯顿的译文就是完全流畅的译文。最难以言表的污秽没有让他退缩，他把它们译成了贞节的德文，个别地方还译成了拉丁文。他没有回避一个词，甚至那些一千次由每个夜晚到下一个夜晚过渡的段落。他无视或拒绝地方色彩。有必要指出出版者的名字，让他们保留"真主"，而不要用"上帝"予以代替。他像伯顿和约翰·佩恩一样，把阿拉伯诗歌译成了西方诗歌。他会认真地发现，如果在一段常见的"某某发表了这首诗"提示之后见到的却是一段德文散文，读者们一定会目瞪口呆的。他提供了必要的注释，以便更好地理解书的内容。每卷二十个，都很简练。他总是那样光彩照人、清晰可见、不偏不倚。他继续（有人告诉我们）那阿拉伯人的呼吸。如果《大不列颠百科全书》里面没有错误的话，他的译文就是所有现有译文中最优秀的。我听说阿拉伯文化学者们对此同意，这丝毫不影响一个文人——他，来自完全阿根廷的共和国——对此表示异议。

我的理由如下：伯顿和马德鲁斯的译本，还有加朗的译本，都只能让人产生"文学之后"的感觉。无论其瑕瑜如何，他们的作品都先行准备了前面提到的那种丰富的过程。在某种程度上，伯顿的作品被几乎是无止境的英语程序罩上了阴影——约翰·多恩的刺耳的粗话、莎士比亚和西里尔·图尔纳[1]的巨大词库、斯温伯恩的古老嗜好、一千七百年著作家们的愚昧博学、毅力与无所事事、暴风骤雨的爱情和神话般的爱情。在马德鲁斯的漂亮段落里，萨朗波和拉封丹，《柳条人像衣架》和俄罗斯芭蕾舞互相辉映。利特曼就像华盛顿一样不会说谎，只剩下德国的诚实了。不过还少，实在太少了。《一千零一夜》和德国的贸易应该能再生产出点儿什么。

在哲学领域，在小说领域，德国具有绝妙的文学——最好说，也只有一个绝妙的文学了。《一千零一夜》里有很多神奇的东西，我希望在德语里应反复斟酌。提出这个愿望的时

---

1 Cyril Tourneur（约1575—1626），英国剧作家，著有《复仇者的悲剧》和《无神论者的悲剧》。

候,我想起了故事里那些不着边际的奇事——一盏灯或一只戒指的无所不能的奴隶,能把穆斯林人变成鸟的女王拉布,胸中装有护身符和图案的铜船工——和那些聚合性质的、出于凑齐一千零一个部分的需要而编造的普通事情。神话用完了,抄书匠们就开始求助于历史故事和慈善故事了,把这些故事加进去似乎也可以增加其余故事的可信度。升上天的红宝石和对苏门答腊的第一次描述,阿拔斯王朝的特点和靠为上帝辩护为生的银天使都共存在一个同样的水平上。这种混合是诗意的,我说某些重复也如此。在第六百零二个夜晚,沙赫里亚尔国王从王后嘴里听说了自己的故事,这还不算新奇吗?按照大体的框架,一个故事里常常包含几个故事,而且不仅如此,一个场面里还包含另一个场面,就像《哈姆雷特》悲剧一样,还有梦呓般的拔高。丁尼生一句拗口而又明朗的诗句似乎可以给它们下个定义:

精心雕琢的东方象牙,圆中套圆。

更令人惊奇的是,七头蛇的那些异位头竟然可以比它的身体还管用:"中国和印度斯坦岛"的传奇国王沙赫里亚尔得到了丹吉尔的总督、瓜达雷特战役的战胜者塔里克·本塞亚德的消息……前厅同镜子混在一起,面具藏在脸后面,谁也认不出哪个是真正的人,哪个是偶像。这丝毫也不重要,这种混乱很常见,就像半昏睡中的杜撰一样可以接受。

命运的游戏可公正、可相反、可偏离,一个按照德文的歪曲、按照德国的"恐怖感"组织和强调这种游戏的人,一个卡夫卡,还有什么事不能做呢?

一九三五年,阿德罗格

在我核对过的书中,我应该列出下列几种:

《一千零一夜》,加朗译《阿拉伯故事集》,巴黎。

《一千零一夜》,通称《阿拉伯之夜闲谈》,E.W. 莱恩译,伦敦,一八三九年。

《一千夜零一夜的故事》,理查德·伯顿直译本,伦敦(?),第六、七、八卷。

《阿拉伯之夜》，选自理查德·伯顿著名直译本的未删节全本选集，纽约，一九三二年。

《一千夜零一夜的故事》，译自阿拉伯文本的直译全本，马德鲁斯译，巴黎，一九〇六年。

《一千零一夜》，马克斯·亨宁译自阿拉伯文本，莱比锡，一八九七年。

《一千零一夜的故事》，译自加尔各答出版社一八三九年出版的恩诺·利特曼的《故事集》，莱比锡，一九二八年。

评注两则

接近阿尔莫塔辛[1]

菲利普·圭达拉[2]写道,孟买律师米尔·巴哈杜尔·阿里写的题为《接近阿尔莫塔辛》的小说"是一部使译者颇感兴趣的那些伊斯兰讽喻诗和那些侦探小说(它们不可避免地会超过约翰·H.华生的作品[3],另外,这些小说在宣扬生活在布赖顿那些无可指摘的客店里的人们生活的恐怖方面堪称完美无瑕)相当牵强地结合的作品"。在这以前,塞西尔·罗伯茨先生在谈到巴哈杜尔先生时指出:威尔基·柯林斯[4]和十二世纪声名显赫的波斯人法里德·阿尔丁·阿塔尔之间有一种令人难以置信的相似之处。圭达拉也毫无改变地重申了这个观点，只是有了一种愤激的语气。从实质看，上述两作家的观点有相似之处，他们都同时指出，《接近阿尔莫塔辛》的作者是用侦探小说的手法写这部小说的，同时也指出它的神秘性。这可能会使我们认为巴哈杜尔与切斯特顿有相似之处。

《接近阿尔莫塔辛》一书的初版于一九三二年底在孟买推出，纸质不佳，用的纸几乎和报纸一样。在书的扉页，出版商向购书人宣称此书是孟买人写的第一本侦探小说。不到四个月时间里，这本书连印四次，每次印一千册，仍很快告罄。《孟买周报》、《孟买杂志》、《加尔各答周报》、《印度斯坦周报》和《加尔各答英国人》等报刊均连篇累牍地载文予以赞扬。于是，巴哈杜尔又推出该书的第二版，还附上许多插图，并将书名改为《与一个名叫阿尔莫塔辛的人的

---

1 此作曾被收入《小径分岔的花园》（一九四一年）。——原编者注
2 Philip Guedalla (1889—1944)，英国历史学家，著有《第二帝国》、《一百天》、《第一百年》等。
3 指柯南道尔的侦探小说，它是以书中福尔摩斯的助手华生医生的视角来叙事的。
4 Wilkie Collins (1824—1889)，英国小说家，代表作为《白衣女人》、《月亮宝石》，被认为是推理小说先驱之一。

谈话录》，同时，还巧妙地加上一个副标题：《用变换位置的镜子进行的一种游戏》。维克托·戈兰茨不久前在伦敦重印出版的便是这个版本，多罗斯·L.萨耶尔斯为该书写了前言，只是删去了书中的那些插图。我手头有这本书，但我没有搞到此书的第一版。我预感到此书的第一版比再版的质量要高得多。出版者要我为该书再版写一个跋，概括地说一下一九三二年初版和一九三四年再版的不同点。我想，在分析、讨论这部作品之前，有必要简单地介绍一下这部小说的故事情节。

人们能见到的这个主人公[1]（作者从来没有告诉我们他的姓名）是孟买市一个学法律的大学生。他摒弃了父辈们的伊斯兰教信仰，在穆哈兰姆月[2]的第十个夜晚，他来到穆斯林聚集的地方。这天夜晚，在这两大互相对立的宗教的教徒中间传来阵阵鼓声和祈祷声。教徒们举着巨大的纸幡纸帐，走在迎神队列的前面。这时，突然从一个屋顶平台上飞来一块印

---

[1] 书中还有一个从未露面的主人公阿尔莫塔辛。
[2] 伊斯兰历第一个月。

度教教徒扔的砖块；还有人拿匕首刺中了一个人的肚子；有人被石块击中倒地死去，尸体遭众人践踏。死者是穆斯林还是印度教徒？有三千人在进行斗殴，武器是手杖和左轮枪等。有人乘机进行淫乱、猥亵、诅咒、谩骂。神灵也进行争斗，真主在和印度教诸神进行战斗。对这种乱哄哄的现象感到吃惊的这个具有自由思想的大学生也来到人群中。他自己也亲手杀死了（或者他认为已经杀死了）一个印度教徒。睡眼惺忪的锡克族警察骑着马，挥舞着马鞭冲了过来。大学生几乎是在马蹄下面逃走的。他跑到市郊，跨过两条铁路（也可能是同一条铁路，他穿越了两次），爬上一堵杂乱无章的花园的围墙。围墙后面有一座圆顶塔楼。这时，突然从黑洞洞的玫瑰花丛中窜出一群月白色的狗。他受到狗群的包围，只好爬到了塔楼上。他顺着铁扶梯（它缺了几个台阶）往上爬，来到了塔楼的顶部，中间有一个黑漆漆的深洞。在月光的照耀下，他见到那儿有一个全身脏污不堪的人蹲在那儿小便。此人对大学生道出了真情。他说他的职业就是盗取拜火教教徒们丢在塔楼上的穿着白色寿衣的尸体上的金牙。他还说了些令人作呕的事情，最后他说他已有十四个夜晚没有拿干牛粪净身了。他说起从古吉拉特[1]来的盗马贼时恨得咬牙切齿,说他们是一些"连狗肉和蜥蜴肉都吃的饕餮之徒,是和我们俩一样的无耻之徒"。这时,天色已亮,空中低飞过一群肥壮的秃鹰,那个精疲力竭的大学生已沉沉入睡。他醒来时,太阳已高高升起,那盗尸贼已离去,自己身上仅有的两支"特里奇诺波利"[2]牌香烟和几卢比银币也不翼而飞了。面对昨夜发生的事情给自己造成的威胁,大学生决定离开印度。他想,他已有能力杀死一名教徒,但他还没有能力弄清楚是穆斯林有理还是印度教徒有理。刚才那个盗尸贼给他讲的古吉拉特这个地名没有使他忘记,使他感兴趣的还是那个巴伦布尔的贱姓女人。那个盗尸贼说起她来时非常恨她。大学生认为,被这么卑鄙的人仇恨的这个女人一定是值得赞美的。于是,他决定去寻找她,尽管他对此信心不大。他作了祈祷后,开始了漫长的行程。他走得相当缓慢。小说的第一章便这样结束了。

我们不可能在这里对小说的其余十九章进行评述。小说

---

[1] 位于印度最西部的邦。
[2] 印度泰米尔纳德邦城市,出产香烟、纺织品和珠宝。

中突出了几个"悲剧式的人物"。接着,又对大学生的行踪进行了详细的描述(这儿既包括他的那些卑贱的行径,也包括他哲理性思考这一高雅的行为),小说还有一段以印度斯坦为起点。越过印度广大的地域去进行朝圣的描写。小说第一章是在孟买开始的,这个故事在巴伦布尔这个地势低下的地区得到继续发展。小说描写了一个下午和一个夜晚在比卡内尔[1]一石门口发生的事情,写一个失明的卜星人如何死在瓦拉纳西的下水道里。接着,又叙述了在加德满都多边形宫发生的事情。之后,小说的主人公来到了臭气冲天的加尔各答,来到马恰巴扎区。他在马德拉斯的公证人办公室里观察了海上日出,还在特拉凡哥尔一所住宅的阳台上连续几个傍晚观看了海上日落。几经犹豫,他又在伊恩达普尔开了杀戒。经过几年的奔波,行程数千里之后,他终于回到了原来的出发地孟买,来到了那座离里面有几只月白色的狗的花园几步远的地方。接下去的故事情节如下:我们已熟悉的这个失去宗教信仰并在逃的大学生来到了社会

---

1 印度西北部城市。

上最下流卑贱的那一类人中间,并与他们厮混在一起,常常谈一些下流无耻的事情。突然,他像鲁滨逊在沙滩上发现一个人的脚印那样吃惊地感到那儿不再那样下流污浊了。原来他在那些令人讨厌的人们中间的一个人身上发现了某种温情——或者说某种激情,"仿佛在对话中插进了一个头脑更为复杂的对话人"。他明白,与他对话的这个卑鄙下贱的人是不可能一下子变成这样雅致的人的。由此,他作出推测,在此人的身上一定"反映"了另外一个人的思想,这个人可能是他的朋友,也可能是他朋友的朋友。于是,他重新又思索了这个问题,并产生一个神秘莫测的信念:在这个世界上必然有这样一个人,他与之交谈的那个人的那种温情或激情正是此人表露出来的;此人一定在地球的某个地方,他本人就是这种情感的化身。于是,大学生决定花自己毕生的精力去寻找他。

接下去的故事情节我们可以概略地猜想出来。大学生不停地寻找那个人,此人若明若暗,若隐若现。开始时,借助于另一些人的面孔只"露出一个微笑",或只说出只言片语,后来才越来越明显地露出了他的理智之光,显露出大学生想象的那种光芒。他不停地打听那个人，越打听他便觉得他越是接近阿尔莫塔辛，后者那作为神的形象也越来越显得高大了。但这一切均只是一种"反映"而已。在描述阿尔莫塔辛的出现方面，巴哈杜尔的小说是采用渐进的方式的（仿佛是几何学上两条近似平行的线条直到最后才在一点上相交），一直到了最后才让那个预料要出名的"名叫阿尔莫塔辛"的人出现。在阿尔莫塔辛出现之前，大学生找到了一个彬彬有礼、日子过得非常舒坦的书店老板，在见到书店老板之前见到了一个圣徒……几年之后，大学生来到一个长廊，"长廊的尽头有一扇门，门上挂着一条上面装饰着许多小球的廉价门帘"，想打听阿尔莫塔辛在什么地方。这时，门内传来一个人的声音（是令人难以置信的阿尔莫塔辛的声音），叫他进去。大学生撩起门帘，走了进去。写到这里，小说便结束了。

如果我没有弄错的话，那么我认为以这样的方式展开情节的小说要求作家做到两点：第一，小说的主人公应该有预言家的特征；第二，根据上面说的特征塑造的这个主人公不能概念化，不能仅仅是个幽灵。巴哈杜尔满足了第一个要求，至于第二点,我却很难说作者已满足到了什么样的程度。换言之,这个既未闻其声,又未见其人的阿尔莫塔辛应该给我们留下一个具有真实性的印象,而不是一个干瘪无力、杂乱无章的神的概念。一九三二年出版的这部小说表明,这个名叫阿尔莫塔辛的人具有某些超然的特性,具有某些象征意义,但同时又不乏人的属性的特性。不幸的是这种文学方面的优点并不持久。一九三四年出版的这部小说(即我手头上的这一本)便改用了隐喻的手法,使阿尔莫塔辛成了神的象征,小说情节的发展过程是阿尔莫塔辛逐渐由人到神的演化过程。书中有一些令人沮丧的细节:科钦有一个黑皮肤的犹太人在谈到阿尔莫塔辛时说他皮肤黝黑;一个基督教徒说他张开双臂站在塔楼上;一个红皮肤的喇嘛回忆起他时,说他是"坐在牦牛油上的神像,它是我塑造的,并将它供奉在扎什伦布寺里的"。上述几种说法向我们暗示,这是一个对各种不同信仰的人都不相同的神。我以为这样的安排并不令人鼓舞,若作另一种安排则似乎更好一些。我们可以假定,上帝正在寻找某某人,这某某人又在寻找另一位更高一级的(或者是同一级的但却是不可或缺的)某某人。如此一个接一个地寻找下去，一直寻找到时间的尽头（或者无限制地延长下去）或者形成某种循环。"阿尔莫塔辛"（这是阿拔斯王朝第八个国王的名字，他赢得了八次战争，生了八男八女，有八千名战俘，一共统治了八年八个月零八天）这个词从词源学的这个角度进行考察，其原意为"寻找庇护的人"。在一九三二年推出的这部小说里，朝圣者去朝拜的这个圣人自己就是个东奔西跑的朝圣人，这适时地表明大学生要找到这个圣人是困难重重的。在一九三四年再版的这部小说里，却出现了我上面说的那种古怪的神学原理。正如我们见到的那样，米尔·巴哈杜尔·阿里是很难避免使自己成为艺术上的天才这样的追求的。

我重新阅读了上面写的这些文字。我怕我没有充分地突出这本书的优点。这本书有不少颇为文明的特点。例如，在第十九章有一段关于争论的描述。在这场争论的过程中人们会预感到参加争论的其中一人就是阿尔莫塔辛的朋友，他为了"不以胜利者的姿态去争个你长我短"，并没有对争论的另一方的诡辩进行驳斥。

一般人认为，一部当代的书参照一部古书写成这一做法是比较体面的，若参考当代的书，那就是另一回事了。正如约翰逊说的那样，谁也不喜欢让自己有负于自己当代的人。乔伊斯的小说《尤利西斯》与荷马史诗《奥德赛》之间的关系总是受到文学批评界令人茫然的赞扬（我永远也不知道其中的原因）。巴哈杜尔的这部小说与人们推崇的阿塔尔的《鸟儿大会》的联系也受到了伦敦的称赞，甚至还受到了加尔各答人的赞扬。这部小说还与其他小说有渊源关系。有的批评家列举了这部小说的第一章与吉卜林的短篇小说《在城墙上》有雷同之处。对此，巴哈杜尔本人也予以承认，不过，他辩解说，描写穆哈兰姆月第十个夜晚的两幅画若无共同之处，倒是不正常的了。艾略特在他的题为《王后的女神》这首不完整的长达七十行的讽刺诗里，女主人公格洛丽娅娜也根本没有露面，就像理查德·威廉·丘奇在一篇评论中指出的那样。我本人也不揣冒昧地说，巴哈杜尔还有一个很重要的先驱者，他就是耶路撒冷的神秘主义哲学家伊萨克·路里亚。这位哲学家早在十六世纪便宣称，一位祖先或大师的灵魂可以进入一个不幸的人的躯体里，以对他进行鼓励、启迪，这就是人们常常说的灵魂转世。[1]

伤害的艺术

一份对其他文学同类的准确热情的研究使我相信辱骂和嘲笑大概还值点钱。犯人者（我自己说）知道他也将成为被犯者，而且按照伦敦警察厅警察善意的告诫，"他说的任何一

---

[1] 在撰写本文的过程中，我曾经提到过波斯的神秘主义诗人法里德·阿尔丁·阿塔尔（他被成吉思汗之子拖雷的士兵杀害）的《鸟儿大会》。对这首长诗的内容作一概述也许不会没有用处。古代鸟儿的国王西摩格在中国的中部丢下了一根光彩夺目的羽毛。不愿再过那种无政府主义式的日子的鸟儿决定前去寻找它们的国王。鸟儿们明白，它们国王的名字的含义是三十只鸟，鸟儿们还知道，国王的王宫在卡夫山，这是一座围绕全球的大山。鸟儿们历尽艰险，飞越了七个大山谷或海洋（倒数第二个海洋的名字是贝尔蒂科海，最后一个海洋叫阿尼基拉辛洋）。一路上有许多鸟儿开了小差，也有不少鸟儿死去。最后，有三十只鸟儿终于历尽了千辛万苦，来到了西摩格国王所在的那座山上。它们终于见到了国王：鸟儿们发现，它们自己就是西摩格，而西摩格就是它们中间的一只，或者是它们全体。《鸟儿大会》由卡尔辛·德塔译成法文，由爱德华·菲茨杰拉德译成英文。

将这首诗与巴哈杜尔·阿里的小说联系起来并没有太过分。在小说的第二十章里，那位波斯书店老板谈起阿尔莫塔辛时说的几句话也许是主人公本人说的几句话的升华。上面说的这一点再加上其他一些相类似的地方，人们可以认为，寻找者和被寻找者具有同一性，同时也表明，寻找者对被寻找者产生影响。小说的另一章暗示，阿尔莫塔辛就是被那个大学生自认为已经杀死了的"印度教教徒"。——原注

句话都可能被用来攻击自己"。这种恐惧迫使他特别地彻夜不眠，而且在其他本来可以舒适一些的夜晚也如此。谁都希望不受到伤害，而在某些特定阶段更是如此。将保罗·格鲁萨克良好的愤怒和值得赞扬的徬徨加以比较——还用不着提斯威夫特、约翰逊和伏尔泰类似的情况了——就会促使和帮助人进行这种想象。当我不再为了调查其方法而饶有兴趣地了解那些无聊时，这种想象就消失了。

我马上还要告诫一件事：基本正义和我的假设的微妙错误。嘲弄者都熬夜，确实如此，而且是赌徒那种接受牌算结果的熬夜，它那龌龊的天地里充满了双头人。三个王在牌里属老大，不过这在"摸三张"中毫无用处。论战者也并非不常见。特别是街上的骂人花样也提供了可供论战参考的模式。科连特斯大街和埃斯梅拉达大街的人想象所有人的母亲都操同一种职业，或者希望人们马上都搬到一个有几个名字的非常普通的地方去，或者模仿着粗野的声音——一种不明智的信心让他坚信受到那些事情损害的不是他，而是那些默默无言的认真听众。这不需要语言表达方式。咬着拇指或侧身让路（山普孙说："我不会把好走的路让给蒙太古家族任何一个男人或女人。"亚伯拉罕道:"是你向我们咬的大拇指,先生?")¹ 大约在一五九二年莎士比亚充满欺诈的维罗纳和伦敦的小酒馆、妓院和斗熊场里是挑衅者的合法钱币。在美国的学校里,捏鼻子和吐舌头也有这种作用。

另外一种普遍的辱骂就是"狗"这个词。在《一千零一夜的故事》的第一百四十六个夜晚,细心的人会发现,狮崽被阿丹关进了一个没有出口的箱子。阿丹的儿子是这样斥责狮崽的:"命运已经把你打翻在地,谨慎又不会让你再站起来,嘿,你这野狗。"

一个常见的骂人词汇表可以表明论战者的身份。在人们谈论生意时为了避免唐突或非正常情况而使用的"先生"如果写出来,那也是骂人的话了。"博士"是另外一种诅咒方式。如果提到卢贡内斯"博士""干"的十四行诗,那就意味着对它永远嗤之以鼻,还要逐一驳斥他的比喻。第一次使用"博士",英雄就死了,只剩下一个戴着纸脖套的阿根廷勇士,他在中午割掉了自己的脑袋,可能死于某种窒息,只剩下整

---

[1] 语出莎剧《罗密欧与朱丽叶》第一幕第一场。山普孙是凯普莱特的仆人,亚伯拉罕是蒙太古的仆人。维罗纳的两大家族结怨甚深。

个人体中间没用的部分。不过十四行诗还在,等待它的还有曲谱。(有个意大利人,拿歌德开心,写了一篇短文,不断地称歌德为"沃尔夫冈先生"。这差不多是种谄媚,因为这表明他并不知道还有很多反对歌德的真正论据。)

弄十四行诗,发文章。语调是这些适当轻蔑语的总汇集,它们在争论中就成了主题。说一个文人放了一本书或做了或叫出一本书是再容易不过的事情了,这里有资产阶级或店主们最优秀的动词:办理、发放、投放。这些枯燥的词汇同另外一些热情的词汇结合在一起,其矛盾的耻辱就永不可没了。对于有关一个只是拍卖行主又是拍卖师的人的问题,肯定有人会说他在起劲拍卖的是"神圣喜剧"。铭文并不是才华横溢的东西,不过它的机制很有特色。它(就像所有其他铭文那样)完全是一派胡言。动词"拍卖"(再加上副词"起劲"意思就更强烈了)让人理解为那个无耻的先生是一位无可救药、贪婪的拍卖行主,他那但丁式的努力只是一番胡说八道。听众毫不犹豫地接受了他的论证,那是因为没有把它作为论证提出来。如果明确提出来,就会影响他的声誉。首先,叫和拍是相互关联的活动。其次,拍卖师的天赋有助于实现拍卖行主的目的,他曾经历过在公众面前讲话的良好训练。

具有讽刺意义的传统做法之一(并非被马塞多尼奥·费尔南德斯、克维多和萧伯纳所轻蔑就是无条件地将词汇对换)。按照这个非同一般的准则,医生不可避免地要被指控为从事污染和死亡的活动,公证员则犯了偷窃,刽子手犯的是延年益寿,虚构的书籍催人入眠、让人发呆,游荡的犹太人患了瘫痪,裁缝犯了裸露癖,虎和蛇竟不放过大黄。还有一种传统做法就是采用一种单纯的说法。例如"在那值得纪念的行军床下,将军赢得了战役"。或者"英明的导演勒内·克莱尔最新影片的魅力。我们被惊醒的时候……"

另外一种方法就是突然转变。例如:"美人的年轻神甫,一副受过希腊之光熏陶的头脑,一个高雅、真正的好人(老鼠气的)。"而这首安达卢西亚民谣转瞬之间从叙述转到了进攻:

一把椅子

有二十五根条。

你希望它打断你的肋骨吗?

我重复一下这种游戏的表现形式，它坚持制造的必要的混乱论据。切实恢复一项事业和广泛进行嘲弄性的夸张、虚假的仁慈、背叛性的让步和耐心的藐视都算不上活动，它们互不相容，而且如此不相同，以至于至今还没有人能把它们合在一起。我找几个高贵的例子。为了诋毁里卡多·罗哈斯，格鲁萨克都做了些什么呢？我在此抄录的东西是布宜诺斯艾利斯所有文人都喜欢的东西。"例如就是这样我如何忍气吞声地听完那个还未被某些人打开就受到他们公开称赞的大部头中两三段浮夸做作的散文后，我自认为已经不必继续听下去了，而是现在把注意力集中在那些从未有机会存在的许许多多故事的摘要和目录上。我特别指第一个故事和那难以消化的大部分（占了四卷中的三卷）：印第安人和混血人种的嘀嘀咕咕"。格鲁萨克在他的最佳气恼状态下完成了讽刺游戏的最重要仪式。他装作对副词的错误使用（"忍气吞声地听完之后"）痛心不已，又让人隐约看到了一个勃然大怒的场面（先是"大部头"，后是"大部分"），他用赞美之辞攻击（那"许许多多"的故事），总之玩得还像回事。他在句法上没犯错误，做得不错，但在提出的论据上却犯了错误。他从厚薄上攻击一本书,暗示谁会对那砖头动心呢,而且最后对几个奇卡诺人[1]和穆拉托人[2]的蠢话无动于衷,似乎这是某个说大话的人的回答,而不是格鲁萨克的回答。

我再抄录同一作者的另一段值得纪念的庄重文字:"我们为将皮尼亚罗博士的演说词予以出售的情况会成为进一步宣传的严重障碍表示遗憾。这个一年半外交游历的富于表现力的成果仅限于在科尼的家里产生了'印象'。这种情况不会发生,通过上帝,至少依靠我们,如此悲惨的命运不会出现。"又是慈善机构,又是淘气的句法,又是检察官的严重浅薄:嘲笑少数有关人员就可以拼凑出一篇文章,还嘲笑他们缓慢的撰写速度。

对那些苦难的体面报复可以举出黑色讽刺的根源。它(据最新最可靠的资料)产生于愤怒的神奇之骂,而不是产生于理性。这是一个难以相信的国度的遗风,在那里,对名字造成的伤害最终要降临到名字持有人的头上。对于鲍格米勒

---

1 出生于美国、祖先是墨西哥人的美国人。
2 血统分类上的习惯名称,指黑白混血人种。

派[1]崇尚的上帝的叛逆儿子，天使撒旦，人们去除了他的词缀il[2]，这就保证了他的冠冕、他的光辉及他的未来。他现在的归宿是火，他的宿主就是至高无上的愤怒。神秘学家们大唱反调说，很早以前的亚伯拉罕的精子一直不能生育，直到在他的名字里加了个字母he，他才能够生育了。

斯威夫特，苦命的人，在有关里梅尔·格列佛船长的游记中对人类进行了诽谤。在最初的旅行中——到极小的利利普特[3]共和国和广阔无垠的布罗丁纳格[4]共和国的旅行——是莱斯利·斯蒂芬[5]所能接受的：人体测量学之梦，不会对我们人类、人类之火和人类的代数产生任何麻烦。第三部游记最有意思。它采用最常见的对置方法，嘲弄了实验科学：斯威夫特乱七八糟的实验室想推广无毛羊、冰制粉尘、软化大理石枕头、薄板灭火以及粪便里的营养成分的利用（这本书里

---

1 中世纪保加利亚基督教异端教派，认为撒旦和耶稣是上帝的两个儿子。
2 表示否定。
3 《格列佛游记》中的小人国。
4 《格列佛游记》中的大人国。
5 Leslie Stephen（1832—1904），英国学者和评论家，著有《十八世纪英国思想史》，小说家弗吉尼亚·吴尔夫的父亲。

还有一大部分关于衰老的坏处的章节)。第四次旅行，即最后一次旅行，想表现牲畜比人更有价值。它展示了一个一夫一妻制，也就是像人类一样的马共和国，还有四脚人组成的无产阶级，他们成堆地住在一起，抓母牛的乳房以偷奶吃，向其他人身上拉屎，吃腐烂的肉，染上了瘟疫。显而易见，这种虚构的结果只能是适得其反。其他的是文学，是句法。他在结尾处说："我并不讨厌一个律师、小偷、上校、傻子、贵族、赌徒、政治家、流氓的表演。"他其中几句话就被旁边的话污染了。

最后两个例子。一个就是著名的辱骂闹剧，由约翰逊博士即兴演出。"他的夫人，一位勇士，借口在一个妓院里工作，出售走私品。"另外一个就是我已知的最灿烂的伤害，如果我们考虑到这是作者同文学的唯一一次接触，这个伤害就更非同一般了。"诸神不会允许桑托斯·乔卡诺[1]死在断头台上的时候污辱这个断头台。他骂够之后，还在断头台上活着。"污辱断头台。骂够了。借助一些高贵的抽象概念，由巴

---

[1] Santos Chocano（1875—1934），秘鲁诗人，作品有浓郁的现代主义色彩，晚年以惠特曼自况，有名言"惠特曼有北方，我有南方"。

尔加斯·维拉[1]释放出的放射物拒绝同任何被动者的接触,不会对被动者进行任何伤害,难以置信,很次要,而且可能也不道德。只需最快地提一下乔卡诺的名字,就会有人对他诅咒,并且使一切涉及他的东西——包括那些诅咒的细节和征兆——都被恶意的光辉弄得黯然失色。

我试图把前面的东西总结一下。讽刺文章并不比情侣之间的对话或者由何塞·玛丽亚·蒙内尔·桑斯带着自然的花卉推崇的十四行诗更少见。他的方法就是加入一些诡辩,他唯一的法则就是同时再发明一些恶作剧。我忘了,他此处还有一种应被纪念的义务。

这里还有德·昆西提到(《作品集》,第十一卷第二百二十六页)的某种有气概的回答。在一次神学或文学争论中,有人向一位绅士脸上泼了一杯葡萄酒。这位绅士一动不动,对泼酒的人说:"这,先生,是种冒犯。我希望你解释一下。"(这个回答的主人公,一位叫亨德森的博士,大约一七八七年逝世于牛津,除了那几句正义的话之外,没有给

---

[1] Vargas Vila (1860—1933),哥伦比亚作家。

我们留下任何记忆：那是种充足的美丽的不朽。)

第一次世界大战后期，我在日内瓦收集到一个口头传说，在那个传说中，米格尔·塞尔韦特对将他判处火刑的法官说："我将燃烧，可那不过是件事情。我们将在永恒中继续讨论。"

一九三三年，阿德罗格

图书在版编目(CIP)数据

永恒史 / (阿根廷)博尔赫斯(Borges, J. L.)著;刘京胜,屠孟超译. —上海:上海译文出版社,2015.6 (2024.2重印)
(博尔赫斯全集)
ISBN 978-7-5327-6819-6

Ⅰ.①永… Ⅱ.①博…②刘…③屠… Ⅲ.①随笔-作品集-阿根廷-现代 Ⅳ.①I783.65

中国版本图书馆CIP数据核字(2014)第271787号

JORGE LUIS BORGES
Historia de la eternidad
Copyright © 1996 by María Kodama
All rights reserved

图字:09-2010-605号

本书由上海市新闻出版专项资金资助出版

永恒史	JORGE LUIS BORGES	出版统筹 赵武平
Historia de la eternidad	豪尔赫·路易斯·博尔赫斯 著 刘京胜 屠孟超 译	责任编辑 李月敏 装帧设计 陆智昌

上海译文出版社有限公司出版、发行
网址:www.yiwen.com.cn
201101 上海市闵行区号景路159弄B座
上海信老印刷厂印刷

开本850×1168 1/32 印张5 插页2 字数58,000
2015年6月第1版 2024年2月第11次印刷

ISBN 978-7-5327-6819-6/I·4122
定价:39.00元

本书版权为本社独家所有,未经本社同意不得转载、摘编或复制
本书如有质量问题,请与承印厂质量科联系,T:021-39907745